Excellent 06/99

Sandcler — Henry Miller
Lisa — Sharon Stone
Elaine — Fille dans lune rouge
Dany boy — Noir - Danny Glover
Chance — noir vieux
Ruben — Quincy inspecteur
Faber — Sutherland
Aliche Boulay — Marlon Brando
TS. — Jeune noir

La ballade entre . . .

Excellent 06/89

AU CŒUR
DE LA MORT

La ballade entre . . .
Je voleur qui . . .
Huit millions . . .
Tous les hommes . . .
Le diable t'attend
Le merle en l'air
Ticket pour le moignon
Danse aux abattoirs
tuons et crevons
Le blues des alcools
au cœur de la mort

Lawrence Block

AU CŒUR
DE LA MORT

roman

TRADUIT DE L'AMÉRICAIN
PAR ANDRÉ ROCHE

ÉDITIONS DU SEUIL
27, rue Jacob, Paris VIᵉ

COLLECTION DIRIGÉE
PAR ROBERT PÉPIN

Titre original : *In the Midst of Death*
Éditeur original : Dell Publishing Co., Inc.
© 1976 by Lawrence Block

ISBN 2-02-025879-X

© Éditions du Seuil, octobre 1998, pour la traduction française

Pour un ami absent

Au cœur de la vie, nous sommes dans la mort, de qui pourrions-nous quêter le soutien hormis de Toi, ô Seigneur, qui justement es marri de nos péchés ?

Pourtant, ô Seigneur tout-puissant, ô Toi, miséricordieux et sacré, point ne nous livres à l'amère douleur de la mort éternelle.

Livre de la prière commune

I

En octobre, la ville est à peu près vivable. Les dernières chaleurs de l'été sont déjà loin et le froid mordant n'est pas encore arrivé. Il y avait eu de la pluie en septembre, des quantités même, mais c'était déjà du passé. L'air était un peu moins pollué que d'habitude et la douceur ambiante ajoutait encore à l'illusion de propreté.

Je m'arrêtai devant une cabine téléphonique, dans la IIIe Avenue, aux alentours de la 50e Rue. A l'angle, une petite vieille roucoulait en jetant des miettes aux pigeons. Il existe un arrêté municipal interdisant de donner à manger à ces bestioles. Quand j'étais dans la police, nous le citions en exemple pour expliquer aux bleus que certaines lois étaient faites pour être respectées et d'autres pour être oubliées.

J'entrai dans la cabine. Comme on pouvait s'y attendre, elle avait servi de toilettes publiques, et pas qu'une fois. Au moins le téléphone marchait-il. De nos jours, c'est généralement le cas. Il y a cinq ou six ans, la grande majorité des cabines publiques était hors d'usage. Tout ne fait pas qu'empirer dans ce monde. Il y a même des choses qui s'améliorent.

Je composai le numéro de Portia Carr. Son répondeur se déclenchant toujours au bout de la deuxième sonnerie, lorsque j'en entendis une troisième je me dis que j'avais dû faire un faux numéro. Depuis un bout de temps, je commençais à croire qu'elle ne serait jamais là quand j'appellerais.

Enfin elle répondit.

– Oui ?

– Mademoiselle Carr ?

– Elle-même.

La voix n'était pas aussi grave que sur l'annonce du répondeur et l'accent de Mayfair avait presque disparu.

– Je m'appelle Scudder. Je voudrais vous voir. Je suis dans le quartier et...

– Je suis vraiment désolée, me coupa-t-elle, mais je ne vois plus personne. Merci quand même.

– Je voulais...

– Appelez quelqu'un d'autre.

Et elle raccrocha.

Je dénichai une autre pièce de dix cents et m'apprêtais à la glisser dans la fente pour la rappeler, mais je finis par changer d'avis et rempochai ma pièce. Je repartis deux rues plus loin, vers le sud, puis je tournai à gauche et gagnai l'angle de la IIe Avenue et de la 55e Rue. J'y repérai un snack-bar équipé d'un téléphone, avec vue sur l'entrée de l'immeuble. Je glissai ma pièce dans la fente et composai son numéro.

Elle avait à peine décroché que je m'annonçai :

– Je m'appelle Scudder, et je veux vous parler de Jerry Broadfield.

Silence, puis :

– Qui êtes-vous ?

– Je vous l'ai dit. Je m'appelle Matthew Scudder.

– C'est vous qui avez appelé tout à l'heure ?

– Exact. Et vous m'avez raccroché au nez.

– Je pensais...

– Je sais ce que vous pensiez. Il faut que je vous parle.

– Je suis vraiment navrée, mais je n'accorde pas d'interviews.

– Je ne suis pas journaliste.

– Que voulez-vous au juste, monsieur Scudder ?

– Je vous le dirai quand nous nous verrons. Vous auriez tout intérêt à me recevoir, mademoiselle Carr.

– Je n'en suis pas certaine.

– Ça m'est égal. Je ne suis pas très loin de chez vous. Je vous rejoins dans cinq minutes.

– Non, je vous en prie. (Un temps.) Vous comprenez… Je viens juste de me lever. Donnez-moi une heure. Vous voulez bien ?

– J'ai le choix ?

– Alors, c'est entendu, dans une heure. Vous avez l'adresse, j'imagine ?

– Oui.

Je raccrochai et m'installai au comptoir, devant une tasse de café et un croissant. J'étais assis face à la fenêtre pour pouvoir surveiller l'entrée de l'immeuble et je la vis juste au moment où mon café avait suffisamment refroidi pour devenir buvable. Elle devait déjà être habillée quand je l'avais appelée car il ne lui avait fallu que sept minutes et des poussières pour sortir de chez elle.

Je n'eus aucun mérite à la reconnaître. La description collait parfaitement : crinière rousse et flamboyante, et grande taille. Avec, en plus, l'allure royale d'une lionne.

Je me levai et me dirigeai vers la porte, prêt à la suivre, mais elle continua tout droit vers le bar et, lorsqu'elle en franchit la porte, je me détournai et m'occupai de ma tasse de café.

Elle fonça vers le téléphone.

J'aurais sans doute dû m'y attendre. Il y a suffisamment de lignes sur écoutes dans ce pays pour que tout criminel ou activiste politique se méfie du moindre téléphone. Pas question d'avoir une conversation importante ou délicate à partir d'un poste privé. Et cette cabine publique était la plus proche de son immeuble. C'était bien pour cette raison que je l'avais choisie.

Je me rapprochai juste assez pour me convaincre de l'inutilité de la chose. Je n'arrivai pas à voir le numéro qu'elle composait et ne compris pas un traître mot de ce qu'elle disait. CQFD. Je payai et m'en allai.

Je traversai la rue en direction de son immeuble. C'était risqué. Si après avoir raccroché elle sautait dans un taxi, je perdrais sa trace et je n'y tenais pas particulièrement. Surtout vu le temps que j'avais mis à la retrouver. En plus, j'aurais bien aimé savoir qui elle appelait ; et si elle voulait aller quelque part, il faudrait encore que je trouve où et pourquoi.

Mais j'étais sûr qu'elle ne monterait pas dans un taxi. Je ne lui avais même pas vu de sac à main. Si elle avait l'intention de se tirer, elle se déciderait sans doute à repasser chez elle pour prendre son sac et fourrer quelques vêtements dans une valise. Et comme elle s'était arrangée pour disposer d'une heure de marge…

Je me dirigeai donc vers son immeuble et tombai sur un petit type à cheveux blancs, juste devant la porte. Il avait les yeux bleus, le regard franc et les pommettes couperosées. Il paraissait très fier de son uniforme.

– Je viens voir Mlle Carr, dis-je.

– Elle est partie il y a une minute. Vous l'avez manquée de peu. A peine une minute.

– Je sais.

Je sortis mon portefeuille et l'entrouvris une fraction de seconde. Il n'y avait rien à y voir, pas même un insigne de cadet de la police, mais ça n'avait aucune importance. Tout était dans le geste. Ça, et l'allure de flic. Il entrevit un bout de cuir et fut favorablement impressionné. Il n'osa pas demander à voir de plus près.

– C'est lequel, son appartement ? insistai-je.

– J'espère que vous n'allez pas m'attirer des ennuis.

– Tu n'as qu'à faire ce que je te demande. Quel numéro ?

– 4 G.

– Donne-moi ton passe.

– Je ne suis pas censé le faire.

– Tu veux venir au poste m'expliquer pourquoi ?

Il n'en avait pas spécialement envie. Il aurait préféré

que j'aille crever ailleurs, mais il le garda pour lui. Il me tendit son passe.

— Elle va bientôt revenir, ajoutai-je. Je te conseille de ne pas lui dire que je suis en haut.

— J'aime pas ça.

— Tu n'es pas obligé.

— C'est une dame très bien, elle a toujours été correcte avec moi.

— Surtout à Noël, hein ?

— Quelqu'un de très agréable, en plus.

— Je suis sûr que vos rapports sont excellents. Mais si tu la préviens, je le saurai, et je ne serai pas content. Tu me suis ?

— Je ne dirai rien.

— Et je te rendrai ta clé. Ne t'inquiète pas pour ça.

— C'est la moindre des choses, dit-il.

Je pris l'ascenseur jusqu'au quatrième. L'appartement G donnant sur la rue, je me postai devant la fenêtre pour observer l'entrée du café en face. De là où j'étais, je n'arrivais pas à distinguer s'il y avait encore quelqu'un dans la cabine. Il se pouvait qu'elle soit déjà partie, qu'elle ait tourné le coin avant de monter dans un taxi, mais je n'y croyais pas trop. Je restai assis à attendre ; au bout d'environ dix minutes, elle ressortit du café et resta quelques instants sur le trottoir, longue et grande, d'une saisissante beauté.

Et visiblement indécise. Elle resta plantée là un bon moment, pendant lequel je pus lire l'incertitude sur son visage. Elle aurait pu partir dans n'importe quelle direction. Mais après quelques minutes elle se retourna et vint droit sur moi. Je soupirai en me rendant compte que j'avais retenu mon souffle, et je me préparai à la recevoir.

Lorsque j'entendis sa clé dans la serrure, je m'écartai de la fenêtre et m'aplatis contre le mur. Elle ouvrit la porte, referma derrière elle et tira le verrou. Elle faisait ça très bien, mais j'étais déjà à l'intérieur.

Elle ôta son trench-coat bleu pâle et le suspendit dans un placard de l'entrée. Dessous, elle portait une jupe écossaise qui lui arrivait au genou et un chemisier jaune moulant. Elle avait de très longues jambes et un corps puissant, athlétique.

Elle se retourna, et je n'attendis pas que son regard se pose sur moi.

– Bonjour, Portia.

Elle empêcha son cri de sortir en plaquant sa main sur sa bouche. Elle se tint parfaitement immobile pendant quelques instants, le corps en équilibre sur la pointe des pieds, puis elle ordonna à sa main de lâcher sa bouche, tandis qu'elle reposait les talons par terre. Elle reprit son souffle et se cramponna. En entrant, elle avait de belles couleurs, mais son visage était à présent complètement délavé. Elle porta la main à sa poitrine. Son geste avait quelque chose de théâtral, de calculé. Elle parut s'en rendre compte, car elle lâcha de nouveau sa main et respira profondément plusieurs fois.

– Vous êtes...

– Scudder.

– C'est vous qui avez appelé.

– Oui.

– Vous aviez promis de me laisser une heure.

– Ma montre avance, depuis quelque temps.

– Vraiment ?

Elle prit une profonde inspiration et ferma les yeux. Je m'écartai du mur et restai au centre de la pièce, à quelques pas d'elle. Elle n'avait pas l'air du genre à s'évanouir facilement. Si ça avait été le cas, elle n'aurait pas attendu jusque-là. Mais elle était encore très pâle et je ne voulais pas rester trop loin d'elle, au cas où. Elle reprit progressivement des couleurs et rouvrit les yeux.

– J'ai besoin de boire un coup, m'annonça-t-elle. Vous voulez quelque chose ?

– Non, merci.

– Alors, je boirai toute seule.

Elle passa dans la cuisine. Je la suivis d'assez près pour la tenir à l'œil. Elle sortit une bouteille de scotch et une petite bouteille de soda du réfrigérateur et versa trois doigts de chaque dans un verre.

– Sans glace, dit-elle. Je déteste sentir les glaçons cogner contre mes dents. Mais j'ai pris l'habitude de boire glacé. Le chauffage fonctionne un peu trop bien, ici. Plus possible de boire un verre à la température ambiante. Vous ne voulez vraiment pas m'accompagner ?

– Pas pour l'instant.

– Eh bien, à la vôtre.

Elle vida son verre d'un trait. Je vis jouer les muscles de son cou. Il était long. Ravissant. Elle avait une peau parfaite, et il devait en falloir des quantités pour couvrir un corps pareil. Je mesure environ un mètre quatre-vingts, et elle était à peu près de ma taille, si ce n'est un peu plus grande. Je l'imaginai aux côtés de Jerry Broadfield, qui faisait une douzaine de centimètres de plus qu'elle et qui la valait bien, question prestance. Ils devaient former un sacré couple.

Elle poussa encore un soupir, frissonna et posa son verre vide dans l'évier.

– Vous vous sentez bien ? lui demandai-je.

– Oh, comme un charme.

Elle avait les yeux d'un bleu pâle tirant sur le gris, les lèvres charnues, mais décolorées. Je fis un pas de côté pour la laisser retourner dans le séjour. Ses hanches m'effleurèrent au passage. Je faillis réagir. Il n'en faudrait pas beaucoup plus, avec elle.

Elle s'assit sur le canapé couleur ardoise et prit un petit cigare dans une boîte en teck posée sur une table basse en Plexiglas. Elle l'alluma avec une allumette et me fit signe de me servir.

– Merci, je ne fume pas.

– Je me suis mise aux cigares parce qu'on n'est pas censé inhaler la fumée. Mais je l'avale quand même. Évidemment, c'est bien plus fort qu'une cigarette. Comment êtes-vous entré ici ?

Je lui montrai la clé.

— C'est Timmie qui vous l'a donnée ? demanda-t-elle.

— Il n'était pas d'accord. Mais je ne lui ai pas laissé le choix. Il paraît que vous avez toujours été gentille avec lui.

— Je lui file assez de pourboires, à ce petit con. Vous m'avez flanqué une de ces frousses ! Je ne sais pas ce que vous voulez, ni pourquoi vous êtes venu ici. Ni même qui vous êtes. Je crois bien que j'ai déjà oublié votre nom.

Je le lui rappelai.

— Matthew, répéta-t-elle. Je ne sais pas pourquoi vous êtes ici, Matthew.

— Qui avez-vous appelé depuis le café d'en face ?

— Vous étiez là ? Je ne vous ai pas vu.

— C'était qui ?

Elle gagna du temps en tirant sur son cigare. Je la vis réfléchir.

— Je ne crois pas que je vais vous le dire, me répondit-elle en articulant lentement.

— Pourquoi avez-vous engagé des poursuites contre Jerry Broadfield ?

— Extorsion de fonds.

— Pour quelle raison, mademoiselle Carr ?

— Vous m'avez appelée Portia, tout à l'heure. Ou bien était-ce pour m'effrayer encore un peu plus ? Les flics vous appellent toujours par votre prénom. Histoire de montrer leur mépris. C'est censé leur donner un avantage psychologique. C'est bien ça, non ? Mais vous, vous n'êtes pas policier, dit-elle en me désignant de son cigare. Je me trompe ?

— Non.

— Quelque chose, pourtant...

— J'ai été flic, autrefois.

— Ah. (Elle hocha la tête, satisfaite.) Vous connaissiez Jerry, à l'époque ?

— Non.

— Mais aujourd'hui, oui.

— C'est exact.

— Vous êtes un ami à lui ? Non, ce n'est pas possible. Jerry n'a pas d'amis.

— Aucun ?

— Presque pas. Vous le sauriez, si vous le connaissiez mieux.

— Ce n'est pas vraiment le cas.

— Je me demande si quelqu'un le connaît.

Elle tira encore une fois sur son cigare et en déposa précautionneusement la cendre dans un cendrier en verre sculpté.

— Jerry Broadfield n'a que des connaissances, reprit-elle. En nombre variable. Mais je doute qu'il ait le moindre ami.

— Apparemment, vous n'en faites pas partie.

— Je n'ai jamais dit le contraire.

— Pourquoi l'accusez-vous d'extorsion ?

— Mais parce que c'est vrai ! dit-elle dans un demi-sourire. Il m'a obligée à lui donner de l'argent. Cent dollars par semaine, sinon il me faisait des ennuis. Les prostituées sont des créatures vulnérables, vous savez. Et cent dollars, ce n'est pas si terrible, comparé aux sommes énormes que les hommes sont prêts à débourser pour coucher avec une femme. Bref, j'ai payé. Je lui ai donné l'argent qu'il demandait. En plus, je devais être à sa disposition. (Elle désigna son corps de ses deux mains.) Sexuellement, je veux dire.

— Pendant combien de temps ?

— Oh, environ une heure à chaque fois, pourquoi ?

— Pendant combien de temps l'avez-vous payé ?

— Je ne sais pas, un an, peut-être.

— Et depuis combien de temps êtes-vous dans ce pays ?

— Un peu plus de trois ans.

— Vous ne tenez pas à repartir, n'est-ce pas ?

Je me levai et m'approchai du canapé.

— C'est sans doute comme ça qu'ils vous tiennent, dis-je. Vous jouez le jeu selon leurs règles, sinon ils vous expulsent, comme une étrangère indésirable. Vous êtes coincée, hein ?

— Quelle expression ! « Étrangère indésirable » !

— Est-ce que c'est comme ça...

— La plupart des gens me considèrent pourtant comme une étrangère extrêmement désirable.

Elle me défiait de son regard froid.

— Et vous ? ajouta-t-elle. Vous n'avez pas d'opinion sur la question ?

Son petit jeu commençait à m'énerver. Je n'appréciais pas particulièrement cette fille. Je me demandai pourquoi je la laissais faire. Je me souvins de ce qu'Elaine Mardell m'avait dit : « Une bonne partie des clients de Portia Carr sont des masochistes. » Je n'ai jamais vraiment compris ce qui excite les masochistes, mais au bout de quelques minutes passées en sa présence je sus pourquoi ils trouvaient le moyen de satisfaire leurs fantasmes avec elle. Même si mes fantasmes à moi n'avaient rien à voir avec ceux-là, elle collait assez bien avec.

Nous tournâmes autour du pot encore un bon moment. Elle persistait à affirmer que Broadfield lui avait vraiment extorqué de l'argent, et j'essayais d'obtenir d'elle le nom de la personne qui l'avait poussée à porter plainte. Mais cela ne nous menait nulle part — ou plutôt je n'arrivais à rien, tandis qu'elle ne cherchait rien de particulier.

— Écoutez, dis-je, en fin de compte, ça m'est complètement égal de savoir si oui ou non il vous soutirait de l'argent, et qui a bien pu vous amener à engager des poursuites.

— Alors, pourquoi est-ce que tu es venu, mon ange ? Pour l'amour ?

— Ce qui m'importe, c'est de savoir ce que vous voulez pour abandonner les poursuites.

— Pourquoi êtes-vous si pressé ? Jerry n'a même pas encore été arrêté.

— Vous ne réussirez pas à amener cette affaire devant les juges, continuai-je. Pour qu'il soit mis en accusation, il faut des preuves, et si vous en aviez, vous les auriez déjà produites. Toute cette histoire ne sert qu'à le diffamer, et comme il n'en a pas besoin, il aimerait tout effacer. Qu'est-ce que vous voulez pour abandonner les poursuites ?

— Jerry doit le savoir.

— Ah bon ?

— Il n'a qu'à arrêter de faire ce qu'il fait depuis un certain temps.

— Avec Prejanian, vous voulez dire ?

Elle avait fini son cigare, elle en prit un autre dans la boîte en teck. Mais elle ne l'alluma pas et se contenta de jouer avec.

— Peut-être que je ne veux rien dire du tout, reprit-elle. Mais voyons les faits. C'est une expression que j'aime bien. « Voyons les faits. » Pendant toutes ces années, Jerry a bien gagné sa vie en tant que policier. Il possède une charmante petite maison à Forest Hills, une charmante petite femme et de charmants petits enfants. Les avez-vous rencontrés ?

— Non.

— Moi non plus, mais je les ai vus en photo. Les Américains sont extraordinaires. Ils commencent par vous montrer la photo de leur femme et de leurs enfants et après ils veulent coucher avec vous. Vous êtes marié ?

— Je l'ai été.

— Est-ce que vous couchiez à droite et à gauche ?

— Ça m'est arrivé.

— Mais vous ne montriez pas de photos, n'est-ce pas ?

— Non.

— Je m'en doutais.

Elle reposa son cigare dans la boîte, se redressa et bâilla.

— Quoi qu'il en soit, reprit-elle, c'était la belle vie pour lui. Et puis il va voir ce procureur spécial avec son histoire de policiers corrompus, se met à donner des interviews aux journaux, prend un congé et, tout d'un coup, les ennuis commencent : on l'accuse de soutirer cent dollars par semaine à une pauvre petite pute. Ça donne à réfléchir, non ?

— Vous voulez qu'il lâche Prejanian pour abandonner les poursuites ?

— Ce n'est pas tout à fait ce que j'ai dit, il me semble. De toute façon, il sait ce qu'il a à faire. Vous n'avez pas à vous poser la question. C'est quand même assez évident, non ?

Nous continuâmes ainsi un moment sans arriver à rien. Je ne sais pas ce que j'espérais, ni pourquoi j'avais accepté les cinq cents dollars de Broadfield. Malgré toute l'habileté que j'avais mise à entrer dans son appartement, j'étais incapable d'intimider sérieusement Portia Carr comme d'autres avaient su le faire avant moi. En attendant, nous étions là à parler inutilement, tout en étant parfaitement conscients de l'inutilité de la chose.

— Ça ne rime à rien, dit-elle au bout d'un moment. Je vais me resservir. Vous voulez quelque chose ?

J'avais très envie de boire.

— Non, je passe.

Elle me frôla en allant dans la cuisine. Je sentis l'odeur puissante d'un parfum que je ne connaissais pas. Je me dis que la prochaine fois je ferais ce qu'il fallait pour le reconnaître. Elle revint avec un verre plein et se réinstalla sur le canapé.

— Ça ne rime à rien, dit-elle de nouveau. Venez plutôt vous asseoir à côté de moi et nous parlerons d'autre chose. Ou de rien du tout.

— Vous pourriez finir par avoir des ennuis, Portia.

Tout à coup, elle parut inquiète.

— Ne dites pas ça.

— C'est vous qui vous y mettez toute seule. Vous êtes une grande fille, et forte, mais peut-être pas aussi forte que vous le pensez.

– Vous êtes en train de me menacer ? Non, ce n'est pas une menace, ça, je me trompe ?

– Vous n'avez pas à vous méfier de moi. Vous avez déjà assez de raisons de vous inquiéter.

Elle baissa les yeux.

– Je suis fatiguée d'être forte, dit-elle. Je fais ça bien, vous savez.

– Je n'en doute pas.

– Mais c'est fatigant.

– Je pourrais peut-être vous aider.

– Je doute qu'on puisse.

– Vraiment ?

Elle m'observa un bref instant, puis baissa de nouveau les yeux. Elle se leva et s'approcha de la fenêtre. J'aurais pu la suivre. Quelque chose dans son attitude me dit qu'elle s'attendait à ce que je le fasse. Mais je ne bougeai pas.

– C'est étrange, ce qui se passe entre nous, reprit-elle. Vous ne trouvez pas ?

– Si.

– Mais ça ne sert à rien, ajouta-t-elle en regardant au loin par la fenêtre. Ce n'est pas le bon moment. Pour l'instant, aucun de nous deux ne peut aider l'autre.

Je ne répondis pas.

– Vous feriez mieux de partir, maintenant, dit-elle.

– Comme vous voudrez.

– Il fait si beau, dehors. Avec tout ce soleil, et cet air frais...

Elle se retourna, et son regard se posa sur moi.

– Vous aimez l'automne ?

– Oui. Beaucoup.

– Octobre, novembre, ce sont les mois que je préfère, je crois. La plus belle époque de l'année. Mais aussi la plus triste. Qu'en pensez-vous ?

– Triste ? Pourquoi ?

– Très triste, dit-elle. Parce que l'hiver est proche.

2

En sortant de chez elle, je rendis le passe au portier. Il n'avait pas l'air plus réjoui qu'avant. Pourtant, cette fois, il me voyait partir. J'allai au Johnny Joyce's, dans la IIe Avenue, et m'installai dans une alcôve. La plupart des gens venus déjeuner étaient partis. Ceux qui étaient encore là avaient pris un ou deux Martini de trop et ne réussiraient probablement pas à retourner au boulot. Je me fis servir un hamburger et une bouteille de Harp, puis j'ajoutai quelques giclées de bourbon à mon café.

J'appelai chez Broadfield, mais personne ne décrocha. Je retournai m'asseoir, bus quelques gorgées et pensai à certaines choses. Plusieurs questions restaient sans réponse. Pourquoi avais-je refusé le verre que me proposait Portia Carr alors que j'en avais tellement envie ? Et pourquoi – si ce n'était pas une alternative à la question précédente – avais-je refusé Portia Carr elle-même ?

Je poursuivis mes réflexions dans la chapelle des acteurs Saint-Malachie, dans la 49e Rue Ouest. La chapelle est située en contrebas de la rue. C'est une grande salle toute simple, un havre de paix et de tranquillité comme il en existe peu au cœur du quartier des théâtres, à Broadway. Je m'assis au bord de l'allée centrale et laissai vagabonder mes pensées.

Une actrice que j'avais connue il y a bien longtemps m'avait raconté qu'elle venait à Saint-Malachie tous les jours quand elle ne travaillait pas. « Je me demande si ça a une importance que je ne sois pas catholique, Matt, me disait-elle. Je ne suis pas croyante. Je récite ma petite prière, j'allume mon petit cierge et je prie pour avoir du boulot. Je me demande si ça aide. Est-ce que tu crois que c'est bien de demander à Dieu un bon rôle ? »

Je dus rester près d'une heure à tourner et retourner différentes choses dans ma tête. En sortant, je glissai quelques dollars dans le tronc des pauvres et allumai quelques cierges. Je ne dis pas de prières.

Je passai la majeure partie de la soirée au Polly's Cage, en face de mon hôtel. Derrière le bar, Chuck, en veine d'épanchements, offrait une tournée sur deux. J'avais pu joindre mon client en fin d'après-midi et lui avais brièvement rendu compte de mon entrevue avec Carr. Il m'avait demandé ce que j'avais l'intention de faire ; je lui avais répondu qu'il fallait que j'y réfléchisse et que je lui téléphonerais quand j'aurais quelque chose d'intéressant à lui dire. Ce n'était pas le cas ce soir-là. Je n'avais donc aucune raison de l'appeler. Ni d'appeler qui que ce soit d'autre, d'ailleurs. On m'avait transmis un message, à l'hôtel : Anita avait cherché à me joindre. Elle voulait que je la rappelle, mais ce n'était pas le genre de soirée où je pouvais avoir envie de parler à mon ex-femme. Je restai au Polly's et vidai mon verre chaque fois que Chuck le remplissait.

Vers onze heures et demie, quelques jeunes entrèrent et alignèrent les titres de country music, au juke-box. Généralement, je supporte ce genre de trucs aussi bien qu'autre chose, mais, Dieu sait pourquoi, ce n'était vraiment pas ce que j'avais envie d'entendre ce soir-là. Je payai l'addition, tournai le coin de la rue et débarquai à l'Armstrong's. Don avait branché sa radio sur WNCN. Ils passaient du Mozart et il y avait si peu de monde dans la salle qu'on pouvait même écouter la musique.

— Ils ont vendu leur chaîne, dit Don. Les nouveaux propriétaires ne jurent que par la pop et le rock. Comme si cette ville avait besoin d'une autre chaîne de rock !

— Les choses ne font jamais qu'empirer.

— C'est pas moi qui dirai le contraire. Des auditeurs ont fondé une association pour les forcer à repasser de la musique classique. Je ne crois pas que ça serve à grand-chose. Qu'est-ce que t'en penses ?

— Rien ne marche, jamais.

— Eh ben, mon vieux, t'es de belle humeur, toi, ce soir ! Je suis heureux que tu sois venu répandre ici la douceur et la lumière au lieu de rester cloîtré dans ta chambre.

Je versai du bourbon dans mon café et mélangeai le tout. J'étais effectivement d'une humeur massacrante, sans savoir précisément pourquoi. C'est déjà assez dur, quand on sait ce qui pose problème. Mais quand les démons qui vous tourmentent sont invisibles, ils sont d'autant plus difficiles à combattre.

C'était un rêve étrange.

Je ne rêve pas beaucoup. L'alcool plonge dans un sommeil particulièrement profond, à un niveau où les rêves ne se produisent pas. J'ai entendu dire que le *delirium tremens* se déclenche lorsque la psyché insiste pour rêver : à force, on finit par rêver éveillé. Personnellement, je n'ai pas encore eu ce genre de crise et je me contente parfaitement de mon sommeil sans rêves, la plupart du temps. J'ai connu une période où ce seul prétexte me suffisait pour boire.

Mais cette nuit-là je rêvai, et mon rêve me frappa par son étrangeté. Portia en faisait partie, avec sa taille, sa beauté saisissante, sa voix grave et son bel accent anglais. Nous étions assis à parler, elle et moi, mais pas dans son appartement. Nous nous trouvions dans un commissariat — je ne sais pas lequel, mais je me souviens que je m'y sentais chez moi. Peut-être était-ce l'un de ceux auxquels j'avais été affecté autrefois. Il y avait des types en uniforme qui se promenaient autour de nous, des citoyens qui venaient porter plainte, et plein de figurants, comme ceux qu'on voit jouer dans les films de gendarmes et de voleurs.

Et au milieu de tout ça, nous étions nus, Portia et moi. Nous voulions faire l'amour, mais il nous fallait d'abord argumenter pour démontrer quelque chose. Je ne me souviens plus de ce que nous devions prouver, mais notre conversation n'en finissait plus et devenait de plus en plus abstraite ; nous cherchions à nous rapprocher de la chambre, mais le téléphone sonnait, Portia décrochait et répondait avec la même voix que sur le répondeur.

Sauf que ça continuait de sonner.

Chez moi, bien évidemment. J'avais incorporé la sonnerie dans mon rêve. Si je ne m'étais pas réveillé, je suis sûr que j'aurais fini par oublier complètement mon rêve. Je m'ébrouai, autant pour me réveiller que pour me débarrasser des derniers restes de mon rêve. Je tâtonnai et parvins à caler l'écouteur contre mon oreille.

— Allô ?

— Matt, je suis désolé si je vous réveille, mais je...

— Qui est à l'appareil ?

— Jerry, Jerry Broadfield.

D'habitude, quand je me couche, je pose ma montre sur la table de chevet. Je la cherchai à l'aveuglette, sans succès.

— Broadfield ?

— Vous étiez sans doute en train de dormir. Écoutez, Matt...

— Quelle heure est-il ?

— Six heures et quelque. Je veux juste...

— Merde !

— Vous êtes réveillé, Matt, oui ou non ?

— Pour ça oui, je suis réveillé. Putain ! Je vous ai dit que vous pouviez m'appeler, mais quand même pas au milieu de la nuit.

– Écoutez, je suis pressé. Vous voulez bien me laisser parler ?

Pour la première fois, je perçus la tension dans sa voix. Elle devait y être depuis le début, mais je ne m'en étais pas rendu compte.

– Je suis désolé de vous avoir réveillé, reprit-il, mais j'ai enfin la possibilité de téléphoner et je ne sais pas combien de temps ils vont me laisser, alors laissez-moi continuer.

– Où êtes-vous ?

– Au centre de détention.

– Les Tombs ?

– C'est ça, les Tombs.

Il parlait vite à présent, comme pour tout sortir avant que je l'interrompe à nouveau.

– Ils m'attendaient, dit-il. A l'appartement. Dans Barrow Street. Ils m'ont arrêté quand je suis rentré, vers deux heures et demie, et depuis c'est la première fois que j'ai accès à un téléphone. Dès que j'aurai raccroché, j'appelle un avocat. Mais je vais avoir besoin d'autre chose, Matt. Les jeux sont faits d'avance et ça ne risque pas de s'arranger devant un jury. Ils me tiennent par les couilles.

– De quoi parlez-vous ?

– De Portia.

– Je ne comprends pas.

– Elle a été tuée, cette nuit. On l'a étranglée, ou Dieu sait quoi, avant de l'abandonner chez moi et de prévenir les flics. C'est pour ça qu'ils m'ont embarqué. Mais ce n'est pas moi qui l'ai tuée, Matt.

Je ne dis rien.

Sa voix monta d'un cran, au bord de l'hystérie.

– C'est pas moi, répéta-t-il. Pourquoi est-ce que j'aurais tué cette conne ? Et pourquoi est-ce que je l'aurais laissée chez moi, hein ? Tout ça n'a aucun sens, Matt, mais ça leur est égal parce que c'est un coup monté et qu'ils ont de quoi prouver que c'est moi. Putain, Matt, ils vont y arriver !

— Du calme, Broadfield.

Silence. Je l'imaginai en train de serrer les dents, de contrôler ses émotions comme un dompteur qui fait claquer son fouet dans une cage pleine de lions et de tigres.

— Vous avez raison, dit-il enfin d'une voix de nouveau maîtrisée. Je suis épuisé et cette histoire commence à me porter sur les nerfs. Je vais avoir besoin d'aide, Matt. De votre aide. Votre prix sera le mien.

Je lui demandai de patienter une minute. J'avais dû dormir trois heures, mais j'étais enfin assez réveillé pour me rendre compte que j'étais complètement liquidé. Je posai le téléphone, entrai dans la salle de bains et me passai de l'eau froide sur le visage. J'évitai de regarder dans la glace : je savais parfaitement de quoi j'avais l'air. Il restait un fond de bourbon dans la flasque sur ma commode. J'en bus une gorgée au goulot, frissonnai, me rassis sur le lit et repris le combiné.

Je lui demandai s'il avait été inculpé.

— A l'instant. Pour homicide. Une fois inculpé, ils ne pouvaient plus m'empêcher de téléphoner. Vous savez ce qu'ils ont fait quand ils m'ont arrêté ? Ils m'ont informé de mes droits. J'ai eu droit à l'intégralité du speech Miranda-Escobedo. Combien de fois croyez-vous que j'aie répété cette petite connerie devant un truand de merde ? Dire qu'ils me l'ont lu jusqu'au dernier mot !

— Vous avez un avocat ?

— Ouais. Un bon, paraît-il, mais il n'y arrivera pas tout seul.

— Je ne sais pas trop ce que je peux faire pour vous.

— Vous pouvez venir ? Pas maintenant, je n'ai pas le droit, pour l'instant. Attendez une minute.

Il avait dû s'éloigner du téléphone, mais je l'entendis demander quand il aurait le droit d'avoir des visites.

— A partir de dix heures, finit-il par me répondre. Vous pourriez être ici avant midi ?

— Je pense, oui.

– J'ai beaucoup de choses à vous raconter, Matt. Mais pas au téléphone.

Je lui promis de venir. Je raccrochai et soutirai une autre gorgée à la bouteille de bourbon. J'avais très mal au crâne et soupçonnais le bourbon de ne pas être le meilleur des remèdes, mais je ne trouvai rien de mieux. Je me remis au lit et remontai les couvertures. J'avais besoin de sommeil. Je savais que je ne dormirais pas, mais au moins pouvais-je rester une heure ou deux à l'horizontale et prendre un peu de repos.

Puis je me souvins du rêve auquel le téléphone m'avait arraché. Je me le remémorai entièrement, très précisément, et je me mis à trembler.

3

Tout avait commencé deux jours plus tôt, un mardi, par une après-midi glaciale. J'avais démarré la journée à l'Armstrong's en jonglant, comme d'habitude, avec le café et le bourbon : l'un pour me tenir réveillé, l'autre pour me calmer. J'étais plongé dans la lecture du *Post* et je ne m'aperçus même pas qu'il avait tiré une chaise et s'était assis. Il s'éclaircit la gorge, et je levai les yeux vers lui.

C'était un petit type avec plein de cheveux noirs bouclés, des joues creuses et un front très bombé. Il portait le bouc mais s'était rasé la lèvre supérieure. Ses yeux, agrandis par d'épaisses lunettes, étaient très noirs et particulièrement vifs.

– Je te dérange, Matt ? me demanda-t-il.

– Pas vraiment.

– Je voudrais te parler une minute.

– Pas de problème.

Je ne savais pas grand-chose sur lui, à part qu'il s'appelait Douglas Fuhrmann et que c'était un habitué de l'Armstrong's. Il n'était pas grand buveur, mais il lui arrivait de se pointer quatre ou cinq fois par semaine, tantôt avec une fille, tantôt tout seul. Il sirotait généralement une bière et passait quelque temps à parler de sport, de politique ou de tout autre sujet d'actualité. Si j'avais bien compris, il était écrivain, mais je ne me rappelais pas l'avoir entendu parler de son travail. Apparemment, il gagnait assez bien sa vie pour ne pas avoir besoin d'un autre boulot.

Je lui demandai ce qui l'amenait.

– J'ai un copain qui veut te voir, Matt.

– Ah ?

– Je crois qu'il aimerait t'embaucher.

– T'as qu'à l'amener ici.

– C'est impossible.

– Ah bon ?

Il voulut dire autre chose mais s'interrompit aussitôt parce que Trina s'amenait pour lui demander ce qu'il désirait boire. Il commanda une bière, et nous restâmes assis sans rien dire, un peu gênés, le temps qu'elle aille chercher la bouteille, la rapporte et reparte.

– C'est compliqué, dit-il enfin. Il ne peut pas se montrer en public. Il… euh… il se planque.

– Qui est-ce ?

– Confidentiel.

Je lui jetai un regard interrogateur.

– Bon, d'accord, finit-il par dire. Si tu as lu le *Post* d'aujourd'hui, tu dois être au courant. Tu aurais du mal à ne pas l'être, les journaux ne parlent que de lui depuis quelques semaines.

– Comment s'appelle-t-il ?

– Jerry Broadfield.

– Ah ouais ?

– Ça chauffe pour lui en ce moment. Depuis que l'Anglaise a porté plainte contre lui, il se planque. Mais ça ne peut pas durer éternellement.

– Où se cache-t-il ?

– Dans un appartement à lui. Il veut que tu ailles le voir là-bas.

– C'est dans quel coin ?

– Au Village.

Je m'emparai de ma tasse et regardai dedans comme si elle allait me dire quelque chose.

— Pourquoi moi ? lui demandai-je. Que croit-il que je puisse faire pour lui ? Moi, je ne vois pas très bien.

— Il veut que je t'accompagne. Il y a du fric à la clé, Matt. Ça te dit ?

Dans la IXe Avenue, nous prîmes un taxi qui nous conduisit à Barrow Street, près de Bedford. Je laissai Fuhrmann régler la course. Nous entrâmes dans le hall d'un immeuble de quatre étages. Plus de la moitié des sonnettes ne portaient pas d'étiquette. Ou bien l'immeuble se vidait peu à peu de ses occupants, avant démolition, ou bien les autres locataires appréciaient l'anonymat autant que Broadfield. Fuhrmann appuya trois fois sur un bouton, attendit, rappuya encore une fois, puis trois fois de plus.

— C'est un code, dit-il.

— « Un si c'est par la terre, deux si c'est par mer... [1] »

— Hein ?

— Laisse tomber.

Il y eut un grésillement, et Fuhrmann poussa la porte.

— Vas-y, monte. C'est au deuxième, appartement D.

— Tu ne viens pas ?

— Il veut te voir seul.

J'étais presque arrivé au premier étage lorsque je compris que c'était le meilleur moyen de me faire piéger. Fuhrmann avait disparu et je n'avais aucune idée de ce que j'allais trouver dans l'appartement. En même temps, je n'arrivais pas à imaginer que quelqu'un ait une bonne raison de me causer de sérieux ennuis. Je m'arrêtai pour réfléchir, mais ma curiosité l'emporta sur l'envie plus raisonnable de rebrousser chemin, rentrer chez moi et rester à l'écart de cette histoire. Je continuai jusqu'au deuxième

1. Citation d'un poème de Longfellow. Paroles qu'aurait prononcées Paul Revere pour avertir les rebelles américains de l'arrivée des Anglais pendant la guerre d'Indépendance. [NdT]

et frappai comme prévu à la porte indiquée. J'avais à peine fini qu'elle s'ouvrit.

Il avait la même tête que sur les photos. On le voyait dans tous les journaux depuis qu'il s'était mis à collaborer avec Abner Prejanian, le procureur qui enquêtait sur la corruption au sein de la police de New York. Mais les photos de presse ne renseignaient pas sur sa taille. Un mètre quatre-vingt-dix et bâti à l'échelle, large d'épaules et de poitrine. Il commençait à avoir du ventre ; d'ici dix ans il prendrait encore vingt ou vingt-cinq kilos et aurait intérêt à se tenir bien droit pour faire encore de l'effet.

S'il vivait jusque-là.

– Où est Doug ? me demanda-t-il.

– Il m'a laissé en bas. Il dit que vous voulez me voir seul.

– C'est vrai. Mais à votre façon de frapper, j'ai cru que c'était lui.

– J'ai pigé le code.

– Hein ?… Ah, oui.

Tout à coup il sourit et la pièce s'illumina. Il avait plein de dents et ne se gêna pas pour me les montrer, mais le sourire ajoutait encore à la chose. Tout son visage s'éclaira.

– Alors c'est vous, Matt Scudder, dit-il. Entrez donc. L'endroit n'a rien d'exceptionnel, mais ça vaut mieux qu'une cellule de prison.

– Ils ont les moyens de vous y mettre ?

– Ils peuvent toujours essayer. D'ailleurs, ils ne s'en privent pas.

– Qu'est-ce qu'ils vous reprochent ?

– C'est à cause de cette connasse d'Anglaise. Elle est manipulée. Que savez-vous de toute cette histoire, au juste ?

– Ce qu'on en dit dans les journaux.

Je n'avais pas lu les articles dans le détail. Je savais qu'il s'appelait Jerome Broadfield et qu'il était flic depuis une douzaine d'années. Il avait commencé à travailler en civil six ou sept ans auparavant, puis était passé inspecteur troisième classe au bout de deux ans, et en était resté là. Quelques semaines plus tôt, il avait jeté son insigne au fond d'un tiroir et s'était mis à aider Prejanian à faire le ménage dans le New York City Police Department.

Je restai debout pendant qu'il mettait le verrou. J'observai l'endroit. Le propriétaire avait dû le louer meublé, rien de ce que je voyais ne pouvant me renseigner sur la personnalité du locataire.

— Ah, les journaux ! dit Broadfield. Mais ils ne sont pas loin de la vérité. Ils disent que Portia Carr était une pute. Là-dessus, ils ne se trompent pas. Ils disent aussi que je la connaissais. C'est également vrai.

— Et que vous la faisiez chanter.

— Faux. D'après eux, elle prétend que je la faisais chanter, nuance.

— Et qu'en est-il ?

— Je n'ai jamais fait une chose pareille. Tenez, asseyez-vous, Matt. Mettez-vous à l'aise. Je peux vous offrir à boire ?

— Je veux bien.

— J'ai du scotch, de la vodka, du bourbon et un fond de cognac, je crois.

— Du bourbon, ça ira.

— Glaçons ? Soda ?

— Sec.

Il versa à boire. Une bonne dose de bourbon pour moi, un scotch allongé de soda pour lui. Je m'étais installé sur un canapé vert, il s'assit sur un fauteuil club du même style. Je sirotai mon bourbon. Il sortit un paquet de Winston de la poche intérieure de sa veste et m'en offrit une. Je refusai d'un geste, il alluma la sienne avec un briquet Dunhill en or ou en plaqué. Son costume avait l'air coupé sur mesure. Pour la chemise, ça ne faisait aucun doute : son monogramme ornait la poche de poitrine.

Nous nous observâmes par-dessus nos verres. Il avait le visage large, la mâchoire carrée et des sourcils abondants au-dessus de ses yeux bleus. L'un de ses sourcils était barré d'une vieille cicatrice. Cheveux couleur sable, un rien trop courts pour être exactement à la mode du jour. Il avait l'air franc et honnête, mais après avoir passé quelque temps à l'étudier je me dis que c'était pure affectation de sa part. Il savait se composer un visage à son avantage.

Il regarda la fumée qui s'élevait de sa cigarette, comme s'il attendait une révélation.

— Les journaux ne me montrent pas sous mon meilleur jour, hein ? reprit-il. Le super-flic moucharde tout ce qu'il peut et voilà-t-il pas qu'on découvre qu'il fait chanter une pauvre petite pute ! Merde, vous étiez dans la police, Matt, non ? Pendant combien de temps ?

— A peu près quinze ans.

— Alors vous savez ce que valent les journaux. Les journalistes ne pigent pas toujours comment ça se passe. Ce qui les intéresse, c'est de vendre leurs papiers.

— Et alors ?

— Et alors, à les croire, ou bien je suis un escroc qui s'est fait retourner par les services du procureur spécial, ou bien je suis une espèce de taré.

— Qu'est-ce que je dois croire ?

Il sourit.

— Rien de tout ça. Merde, j'ai passé près de treize ans dans la police, moi ! Je ne suis pas né de la dernière pluie. Je sais très bien que certains types empochent du fric de temps à autre. Mais personne n'a jamais pu me reprocher quoi que ce soit. D'ailleurs, même les services de Prejanian le reconnaissent. Ils ont toujours dit que j'étais venu coopérer de moi-même, sans qu'ils m'aient rien demandé. Écoutez, Matt, ce sont des gens censés. S'ils avaient monté un coup contre moi, s'ils avaient réussi à me retourner, ils s'en vanteraient, au lieu de nier. Ils sont les premiers à dire que je suis venu leur servir tout le truc sur un plateau.

— Et alors ?

— Et alors, c'est la vérité. C'est tout.

Je me fichais bien de savoir si c'était un cinglé, un

escroc, les deux ou rien de tout ça. Est-ce qu'il me prenait pour un confesseur ? Il m'avait certainement fait venir pour autre chose qu'une séance d'autojustification.

Et d'abord, personne n'a jamais à se justifier devant moi. J'ai déjà assez de mal à me justifier tout seul.

— Matt, reprit-il, j'ai un problème.

— Vous m'avez dit qu'ils n'avaient rien à vous reprocher.

— C'est cette Portia Carr. Elle prétend que je la faisais chanter… que je lui demandais cent dollars par semaine, sinon je la faisais arrêter.

— Mais ce n'est pas vrai.

— Non.

— Alors, elle ne peut pas le prouver.

— Non, en effet.

— Bon. Où est le problème ?

— Elle dit aussi que je la baisais.

— Ah.

— Oui. Je ne sais pas si elle dispose de preuves, mais ça au moins, c'est pas du pipeau. Merde, il y a pas de quoi en faire un fromage. J'ai jamais été un saint. Sauf que tout ça se retrouve étalé dans les journaux, avec une histoire d'extorsion de fonds, par-dessus le marché. Du coup, je ne sais plus où j'en suis. Mes rapports avec ma femme ne sont pas au beau fixe et mon épouse n'a vraiment pas besoin que ses amies et sa famille apprennent que j'ai été maqué avec cette connasse d'Anglaise. Vous êtes marié, Matt ?

— Je l'ai été.

— Divorcé, alors ? Des enfants ?

— Deux fils.

— Moi, j'ai deux filles et un garçon.

Il but une gorgée et fit tomber la cendre de sa cigarette.

— Je ne sais pas, moi, reprit-il, peut-être que ça vous plaît d'être divorcé. Personnellement, je ne veux même pas y penser. Et ce truc d'extorsion, ça me bouffe la vie. J'ai la trouille de quitter cet appartement de merde.

– A qui est-il ? J'ai toujours cru que Fuhrmann habitait dans mon quartier.

– Il habite du côté de la 50ᵉ Ouest. C'est votre coin, non ? (Je hochai la tête.) C'est chez moi, ici, Matt. Je l'ai depuis un petit peu plus d'un an, cet appartement. Je pensais que ça pourrait être utile d'avoir un pied-à-terre en ville, en plus de la maison de Forest Hills. Au cas où…

– Qui est au courant ?

Il se pencha pour écraser sa cigarette.

– Personne. Vous connaissez l'histoire du politicien ? Un type se présente aux élections, mais les sondages montrent qu'il n'a pas la cote et que son adversaire va lui faire mordre la poussière. Alors son directeur de campagne lui dit : « Bon, voilà ce qu'on va faire. On va diffuser une histoire sur le type d'en face. On va raconter partout qu'il baise des porcs. » Le candidat lui demande si c'est vrai, et l'autre lui répond : « Non, mais on n'a qu'à le laisser se défendre. »

– Je comprends.

– Balancez assez de saloperies, il en restera toujours un peu pour faire tache. Un salaud de flic fait pression sur Portia, voilà ce qui se passe. Il veut que j'arrête de travailler avec Prejanian et, en échange, elle abandonne les poursuites. C'est ça, le fond de l'histoire.

– Vous savez qui est derrière ?

– Non. Mais je ne peux pas interrompre mon travail avec Abner. Et je veux que cette histoire s'arrête. Ils ne peuvent rien contre moi devant un tribunal, mais là n'est pas le problème. Même sans aller jusque-là, j'aurais droit à une enquête interne. Sauf qu'ils ne se fouleraient pas pour enquêter parce qu'ils savent déjà à quelles conclusions ils arriveraient. Ils trouveraient un prétexte pour me suspendre immédiatement, avant de me virer de la police.

– Je croyais que vous aviez démissionné.

Il secoua la tête.

– Pourquoi faire, bon sang ? J'y ai fait plus de douze ans, presque treize. Et c'est maintenant que je laisserais tomber ? J'ai demandé un congé quand j'ai décidé d'aller voir Prejanian. On ne peut pas être en service actif et entrer en même temps dans le jeu du procureur spécial. Le Département vous démolirait en moins de deux. Je n'ai même jamais songé à démissionner. Quand toute cette histoire sera finie, je compte bien retrouver mon poste.

Je le regardai attentivement. S'il en avait véritablement l'intention, il était bien plus bête qu'il en avait l'air. Je ne connaissais pas les raisons pour lesquelles il aidait Prejanian, mais je savais que pour ce qui était de retrouver un boulot dans la police, il était définitivement grillé. Il était devenu un intouchable et porterait la marque de sa caste jusqu'à la fin de ses jours. Que l'enquête produise des effets ou non, qu'untel soit obligé de partir à la retraite plus tôt que prévu, qu'un autre finisse en prison, rien de tout cela n'y changerait rien. Pour n'importe quel flic, propre ou corrompu, Jerome Broadfield resterait une ordure jusqu'à la fin de ses jours.

Et il ne pouvait pas ne pas le savoir. Il avait porté l'insigne pendant plus de douze ans.

– Je ne vois pas ce que je viens faire là-dedans, lui dis-je.

– Je vous ressers à boire, Matt ?

– Non, ça va comme ça. Qu'est-ce que vous attendez de moi, Broadfield ?

Il pencha la tête de côté et plissa les paupières.

– C'est très simple : vous avez été flic, vous savez comment procéder. Et maintenant, en tant que détective privé, vous êtes libre de vos mouvements. Vous...

– Je ne suis pas détective privé.

– C'est pourtant ce qu'on m'a dit.

– Les détectives privés passent des examens très compliqués pour obtenir leur licence. Ils prennent des honoraires, archivent leur paperasse et remplissent leurs feuilles d'impôts. Moi, je ne fais rien de tout ça. Il m'arrive parfois de rendre service à certains amis. Et il leur arrive de me donner de l'argent. Pour me rendre service.

Il hocha la tête d'un air pensif, comme pour me dire qu'il était content d'avoir enfin compris pourquoi j'avais accepté de venir. Chacun agissant dans son intérêt, il savait maintenant où était le mien. Il était assez intelligent pour le comprendre. Ce type-là aimait les histoires d'intérêt.

Cela étant, que faisait-il avec Abner Prejanian ?

— Bon, dit-il. Détective ou pas, vous pourriez me rendre service en allant voir Portia, histoire de savoir jusqu'où elle est prête à aller, par quoi ils la tiennent et comment nous pourrions la détacher de l'hameçon. Le plus important serait de découvrir qui la pousse à engager des poursuites. Si nous connaissions le nom de ce salaud, nous pourrions au moins essayer de nous entendre avec lui.

Il continua sur sa lancée, mais je ne l'écoutais pas vraiment. Quand il s'interrompit enfin pour reprendre haleine, j'intervins :

— Ils veulent que vous arrêtiez de collaborer avec Prejanian. Que vous quittiez la ville, quelque chose dans le genre.

— Ça doit être ça, oui.

— Pourquoi ne le faites-vous pas ?

Il me regarda droit dans les yeux.

— Vous rigolez, ou quoi ?

— Et d'abord, pour quelle raison vous êtes-vous maqué avec Prejanian ?

— Ça, c'est mon problème, Matt. Je vous engage pour que vous fassiez quelque chose pour moi, un point c'est tout.

Ces paroles lui avaient peut-être paru trop dures.

— Merde, Matt, reprit-il en souriant pour tenter d'adoucir les choses, vous n'avez quand même pas besoin de connaître ma date de naissance et le nombre de pièces que j'ai dans ma poche pour me donner un coup de main, non ?

— Prejanian n'avait rien contre vous. Vous êtes allé lui dire que vous aviez assez d'informations pour secouer les puces de tout le Département.

– C'est exact.

– Ce n'est pas comme si vous aviez porté des œillères pendant quinze ans. Vous n'êtes pas un enfant de chœur.

– Moi ? (Grand sourire plein de dents.) Pas vraiment, non.

– Alors, je ne comprends pas. Quel est votre intérêt, dans cette histoire ?

– Je suis obligé d'en avoir un ?

– Vous n'êtes pas du genre à mettre un pied dehors sans une bonne raison.

Il réfléchit un moment et décida de ne pas m'en vouloir pour cette réplique. Au lieu de ça, il gloussa.

– Vous tenez tant que ça à savoir ce qui me fait courir dans cette histoire, Matt ?

– Je crois, oui.

Il but une gorgée et repensa à la chose. J'en étais presque à espérer qu'il me dise d'aller me faire foutre. Je n'avais plus aucune envie de me mêler de ses affaires, auxquelles je ne comprenais rien. J'aurais voulu me tirer et oublier ce type.

– Vous devriez comprendre, vous, finit-il par me dire.

Je ne répondis pas.

– Vous avez passé quinze ans dans la police, Matt, enchaîna-t-il. C'est bien ça ? Vous avez grimpé l'échelle et vous vous en êtes bien sorti. Vous connaissez la musique. Vous deviez jouer le même jeu que les autres. Je me trompe ?

– Continuez.

– Quinze ans de métier, plus que cinq avant la retraite, et vous laissez tomber. Vous deviez être dans la même galère que moi, non ? On atteint un point où ça devient insupportable. La corruption, le racket, les pots-de-vin, tout ça fout en rogne. Vous avez arrêté les frais et vous vous êtes tiré. Je respecte votre choix. Croyez-moi, je comprends tout à fait. J'y ai pensé, moi aussi, et puis je me suis dit que ça ne suffisait pas, que ce n'était pas ce qu'il me fallait. Je ne pouvais pas laisser tomber quelque chose où j'avais mis douze ans de ma vie.

— Presque treize.

— Hein ?

— Rien. Vous disiez ?

— Que je ne pouvais pas m'en aller comme ça. Je voulais faire mon possible pour améliorer un peu les choses, sans prétendre tout changer, évidemment. Si aujourd'hui ça signifie que des têtes doivent tomber, j'en suis désolé, mais je ne vois pas d'autre solution.

Et tout à coup, un grand sourire, surprenant chez quelqu'un qui jusque-là s'était efforcé de jouer la sincérité.

— Écoutez, Matt. Je ne suis pas un saint. Chacun agit selon son intérêt, c'est vous qui l'avez dit et c'est vrai. Je sais des choses qu'Abner a du mal à croire. Un type qui est absolument propre n'entend jamais parler de ces trucs parce que les petits malins d'en face la bouclent dès qu'il se pointe. Mais quelqu'un comme moi, ça entend tout.

Il se pencha vers moi.

— Je vais vous dire quelque chose, continua-t-il. Vous n'êtes peut-être pas au courant, et ce n'était peut-être pas encore comme ça quand vous portiez l'insigne, mais toute cette putain de ville est à vendre. On peut acheter tout le Département, jusqu'en haut de l'échelle. Même quand on a commis un assassinat.

— C'est nouveau.

Ce n'était pas tout à fait vrai. J'en avais entendu parler, à l'époque. Mais je n'y avais jamais cru.

— Ça ne marche pas à tous les coups, évidemment. Mais je connais, et de source sûre, deux affaires où des types qui avaient été arrêtés pour homicide, et en flagrant délit, en plus, ont acheté leur libération. Quant aux stups… merde, ce n'est pas moi qui vais vous l'apprendre. C'est un secret de Polichinelle. Le moindre dealer connu sur la place garde quelques billets de mille dans une poche spéciale. Il ne sortirait jamais sans. La « flotte », qu'ils appellent ça : ça sert à arroser le flic qui veut vous arrêter, pour qu'il vous laisse filer.

Je n'avais pas l'impression que les choses se soient toujours passées comme ça. Presque tout le monde acceptait de l'argent – de plus ou moins grosses sommes. Certains ne disaient pas non lorsque l'occasion se présentait, d'autres allaient sans arrêt à la pêche. Mais personne n'acceptait de couvrir un meurtre pour de l'argent. Tout comme on refusait systématiquement l'argent de la drogue.

Mais les temps changent.

– Alors, comme ça, vous en avez eu marre, lui dis-je.

– Absolument. Vous êtes la dernière personne à qui je devrais expliquer tout ça.

– Je n'ai pas quitté la police à cause de la corruption.

– Ah bon ? Je me suis trompé, alors.

Je me levai et me dirigeai vers la bouteille de bourbon. Je me resservis et bus la moitié de mon verre.

– Ce genre de pratiques ne m'a jamais vraiment dérangé, précisai-je. Ça m'a même souvent permis de nourrir ma famille.

Je parlais autant pour moi-même que pour lui. Il ne se souciait pas de savoir pourquoi j'avais démissionné, pas plus que je me souciais de savoir s'il en connaissait la vraie raison.

– Je prenais ce qu'on me proposait, continuai-je. Je ne me baladais pas la main tendue et je n'ai jamais laissé qui que ce soit acheter sa libération quand il s'agissait d'un crime grave. Mais il n'y a jamais eu une semaine où nous ayons vécu, moi et ma famille, uniquement sur mon salaire.

Je vidai mon verre.

– Vous ne vous gênez pas non plus, dis-je encore. Ce n'est pas la Ville qui vous a offert ce costume.

– C'est vrai, je ne le nie pas, me répondit-il en souriant de nouveau. J'ai eu ma part, Matt. Mais chacun a ses limites, n'est-ce pas ? Pourquoi est-ce que vous êtes parti, vous ?

– Je n'aimais pas les horaires.

– Non, sérieusement.

– Ce n'est pas rien.

Je n'avais pas envie de lui en dire davantage. Pour autant que je sache, il devait déjà connaître toute l'histoire – à tout le moins la version officielle qui circulait à l'époque.

L'histoire était assez simple. Un soir, quelques années auparavant, je me trouvais dans un bar de Washington Heights, occupé à y écluser quelques verres. Je n'étais pas en service, j'avais le droit de boire si j'en avais envie et dans ce bar les flics pouvaient le faire sans payer. Peut-être s'agissait-il d'une forme de corruption, mais ça ne m'avait jamais empêché de dormir.

C'est alors que deux types avaient braqué la caisse et descendu le barman en sortant. Je les avais poursuivis dans la rue, j'avais vidé mon chargeur dans leur direction, tué un de ces salauds et blessé l'autre, mais une balle s'était perdue en cours de route. Elle avait ricoché sur un truc, traversé l'œil d'une fillette de sept ans nommée Estrellita Rivera et fini sa course dans son cerveau. La gamine en était morte et une bonne partie de moi-même avec.

Une enquête interne m'avait complètement blanchi et même valu des éloges ; à la suite de quoi j'avais démissionné, m'étais séparé d'Anita et avais emménagé dans mon hôtel de la 57ᵉ Rue. Je ne sais pas s'il existe un lien entre ces différents événements, mais, au bout du compte, je n'étais plus très heureux de faire mon métier de flic. Quoi qu'il en soit, rien de tout ça ne concernait Jerry Broadfield, et ce n'était pas moi qui allais lui en parler.

– Je ne vois pas vraiment ce que je peux faire, répétai-je.

– Certainement plus que moi, en tout cas. Vous n'êtes pas coincé dans cet appartement de merde.

– Qui vous apporte à manger ?

– Oh, je sors quand même croquer un morceau de temps en temps. Pas souvent. Et je fais attention à ce que personne ne me voie entrer et sortir de l'immeuble.

– Tôt ou tard, quelqu'un finira par vous repérer.

– Je sais.

Il alluma une autre cigarette. Le briquet Dunhill n'était qu'un petit morceau de métal perdu au milieu de sa grande main.

– Je m'offre juste quelques jours de répit, dit-il. C'est tout. Hier, l'Anglaise s'est répandue dans tous les journaux. Depuis, je n'ai pas bougé d'ici. Si j'ai du bol, je pourrai rester planqué jusqu'à la fin de la semaine. C'est plutôt tranquille, comme quartier. D'ici là, vous trouverez peut-être...

– Qu'est-ce que vous en savez ?

– Vous voulez essayer, Matt ?

Je n'en avais pas spécialement envie. Mes finances n'allaient pas très fort, mais ça ne m'inquiétait pas outre mesure. Nous étions au début du mois, j'avais payé mon loyer et j'avais encore suffisamment de liquide pour me fournir en bourbon et en café. Il m'en resterait même un peu pour le superflu – la nourriture, par exemple.

Et ce fils de pute commençait à me sortir par les trous de nez. Mais ça n'entrait pas en ligne de compte. D'ailleurs, en général, je préfère travailler pour des hommes que je n'apprécie pas et que je ne respecte pas non plus. J'ai moins de mal à les mépriser.

Que je n'aime pas Broadfield n'avait donc aucune importance. Ni le fait que je n'accorde aucun crédit aux quatre cinquièmes de ce qu'il m'avait raconté. Je n'étais même pas sûr de ce que je devais croire.

Quand j'y repense, c'est peut-être ça, en fin de compte, qui m'a poussé à me décider. J'avais envie de savoir ce qui était vrai et ce qui ne l'était pas, dans ce personnage : pourquoi il avait fini par coucher avec Abner Prejanian, ce que Portia Carr venait faire dans l'histoire, qui avait monté le coup contre lui, bref, le comment et le pourquoi de tout ça. Je ne sais pas ce qui me rendait si curieux, mais je ne pus résister.

– D'accord, dis-je enfin.

– Vous allez tenter le coup ?

J'acquiesçai d'un hochement de tête.

– Vous aurez besoin d'argent.

Je fis de nouveau signe que oui.

– Combien ? demanda-t-il.

Je ne sais jamais fixer mes tarifs. A première vue, cette affaire ne me prendrait pas trop de temps – ou je trouvais le moyen de l'aider ou je revenais bredouille, mais il le saurait rapidement. Cela dit, je ne voulais pas offrir mes services pour rien : je n'aimais pas ce type. Il se croyait supérieur aux autres, il portait des vêtements de prix et allumait ses cigarettes avec un briquet Dunhill en or.

– Cinq cents dollars.

Il trouva ma proposition assez salée. Je lui répondis qu'il pouvait chercher quelqu'un d'autre, s'il en avait envie. Il m'assura immédiatement que ce n'était pas ce qu'il avait voulu dire, sortit un portefeuille de la poche intérieure de sa veste et en tira des billets de vingt et de cinquante. Il lui en restait encore beaucoup lorsqu'il eut fini d'étaler les cinq cents dollars sur la table devant lui.

– Ça ne vous gêne pas que je vous paie en liquide ?

– Pas du tout.

– Il n'y en a pas beaucoup que ça dérange, fit-il remarquer, tout sourire.

Je restai assis et le regardai une minute ou deux. Puis je me penchai et ramassai l'argent.

4

Selon la dénomination officielle, il s'agit du Centre de détention pour hommes de Manhattan, mais je crois que je n'ai jamais entendu personne l'appeler comme ça. Tout le monde dit « les Tombs ». Je ne sais pas pourquoi. Le nom convient assez bien à ce bâtiment délavé, sordide, et qu'on dirait rescapé d'un incendie, ainsi qu'à ses habitants.

Il est situé dans White Street, entre le quartier général de la police et le bâtiment du tribunal criminel. C'est pratique. De temps à autre, les détenus se révoltent et on en parle dans les journaux et à la télévision. L'ensemble des citoyens a alors droit à un rapport sur les effroyables conditions de détention, beaucoup de gens très bien signent des pétitions, on nomme une commission d'enquête, les hommes politiques organisent des conférences de presse, les gardiens demandent une augmentation et, au bout de quelques semaines, on n'entend plus parler de rien.

Je crois que l'endroit n'est pas pire que les autres prisons en milieu urbain. Le taux de suicide y est élevé, mais il est dû en partie à la propension qu'ont les Portoricains âgés de dix-huit à vingt-cinq ans de se pendre dans leur cellule sans raison particulière – sauf si l'on pense qu'être portoricain et se retrouver dans une cellule constitue une raison suffisante pour se suicider. Les Noirs et les Blancs, dans cette tranche d'âge et dans les mêmes circonstances, se suicident eux aussi, mais chez les Portoricains, plus nombreux à New York que n'importe où ailleurs, le taux de suicide est beaucoup plus élevé.

Il y a une autre raison à cela : les gardiens des Tombs ne perdraient pas le sommeil si tous les Portoricains d'Amérique se balançaient au bout d'un fil électrique.

J'arrivai à la prison vers dix heures et demie, après avoir passé plusieurs heures sans me rendormir ni me réveiller complètement. J'avais avalé mon petit déjeuner et lu le *Times* et le *News* sans apprendre quoi que ce soit de passionnant sur Broadfield ou la fille qu'il était censé avoir tuée. Au moins le *News* racontait-il toute l'histoire, qui, bien évidemment, faisait les gros titres et s'étalait sur toute la page trois. A en croire ce journal, Portia Carr n'avait pas été étranglée : quelqu'un lui avait défoncé le crâne avec quelque chose de lourd et lui avait percé le cœur avec quelque chose de pointu.

Au téléphone, Broadfield m'avait dit que, selon lui, l'Anglaise avait été étranglée. Ce qui voulait dire qu'il faisait le malin, ou bien qu'il était mal informé, ou encore que le *News* racontait n'importe quoi.

Quoi qu'il en soit, le *News* ne disait rien de bien nouveau. Les autres articles récapitulaient ce que tout le monde savait déjà. Mais ils avaient une longueur d'avance sur le *Times*, dont la dernière édition ne mentionnait même pas le meurtre.

On m'autorisa à le voir dans sa cellule. Il portait une veste à damiers bleu clair sur fond bleu marine par-dessus une chemise coupée sur mesure. En préventive, aux Tombs, on vous laisse vos vêtements. On ne porte l'uniforme de la prison que si l'on purge une peine. Dans le cas de Broadfield, la question ne se posait pas : s'il était déclaré coupable, on l'enverrait dans le nord de l'État, à

Sing Sing, Dannemora ou Attica. Les condamnés pour meurtre ne restent pas aux Tombs.

Un gardien m'ouvrit la porte de sa cellule et m'enferma avec lui. Nous nous regardâmes sans rien dire jusqu'à ce que le gardien se soit suffisamment éloigné pour ne pas nous entendre. Puis Broadfield me dit :

– Mon Dieu, vous êtes venu.

– Je vous l'avais dit.

– Je ne savais pas si je devais vous croire. Quand on se retrouve prisonnier, enfermé dans une cellule, quand ce qu'on ne pouvait pas imaginer arrive pour de bon, merde, Matt, on ne sait plus en quoi on peut croire.

Il sortit un paquet de cigarettes de sa poche et m'en offrit une. Je fis non de la tête. Il l'alluma avec son briquet en or, puis il soupesa ce dernier.

– Ils me l'ont laissé, dit-il. Ça m'a étonné. Je croyais qu'on ne vous laissait ni briquet ni allumettes.

– Peut-être qu'ils vous font confiance.

– Ça doit être ça.

Il désigna le lit d'un geste.

– Je voudrais pouvoir vous offrir un siège, reprit-il, mais ils ne m'en ont pas donné. Ne vous gênez pas pour vous asseoir sur le lit. Évidemment, il doit y avoir des quantités de bestioles à l'intérieur. Elles vont être à la fête, ce soir, quand je me coucherai.

– Je suis très bien debout.

– Tant mieux, moi aussi. Pourquoi est-ce que ces cons ne m'ont pas donné au moins une chaise ? Ils m'ont pris ma cravate, vous savez.

– C'est le règlement.

– Bien sûr. Mais j'ai un avantage. Dès que j'ai ouvert la porte de chez moi, j'ai su que j'allais finir la journée en prison. A ce moment-là, je ne savais encore rien sur Portia, ni qu'elle était là, ni qu'elle était morte, rien. Mais dès que je les ai vus, je me suis dit qu'ils venaient m'arrêter. A cause de la plainte qu'elle avait déposée, vous comprenez ? Alors, pendant qu'ils me posaient des questions, j'ai enlevé ma veste, mon pantalon et mes chaussures. Vous savez pourquoi ?

– Non.

– Parce qu'ils sont obligés de vous laisser vous habiller. Si vous l'êtes déjà, ils peuvent vous embarquer tout de suite, mais si vous êtes à poil, ils sont bien obligés de vous laisser mettre quelque chose : ils ne peuvent pas vous emmener au poste en caleçon. C'est pour ça qu'ils m'ont laissé faire. J'ai choisi un costume avec un pantalon sans ceinture.

Il ouvrit sa veste pour me montrer.

– Regardez, enchaîna-t-il, j'ai mis une paire de mocassins.

Il remonta une jambe de pantalon pour me montrer une chaussure bleu marine. On aurait dit du lézard.

– C'est pour ça que j'ai pris ces vêtements, enchaîna-t-il. Je savais qu'ils me réclameraient ma ceinture et mes lacets.

– Mais vous avez mis une cravate.

Il m'adressa son bon vieux sourire. C'était la première fois que j'y avais droit ce matin-là.

– Et comment ! Vous savez pourquoi ?

– Je vous écoute.

– Parce que je vais sortir d'ici. Vous aller m'aider, Matt. Ce n'est pas moi qui l'ai tuée. Vous allez trouver le moyen de le prouver, et même si ça leur fait mal, ils seront obligés de me laisser partir. Ce jour-là, ils me rendront ma montre et mon portefeuille et je mettrai ma montre à mon poignet et mon portefeuille dans ma poche. Et ils me donneront ma cravate. Alors, je m'installerai devant une glace et je prendrai mon temps pour faire le nœud pile comme il faut. Je m'y prendrai peut-être à trois ou quatre fois, jusqu'à ce que le nœud soit comme je l'aime. Ensuite, je franchirai cette porte, je descendrai ces escaliers et j'aurai vraiment l'air classe. C'est pour ça que j'ai mis cette putain de cravate !

Son petit discours lui avait sans doute fait du bien. A défaut d'autre chose, il s'était rappelé qu'il avait du style et dans sa cellule cette image lui était utile. Il redressa les épaules et cessa de se plaindre. Je sortis mon calepin et lui posai quelques questions. Ses réponses n'étaient pas inintéressantes, mais elles ne contribuèrent pas franchement à sa libération.

Il était sorti chercher à manger, peu de temps après que je lui avais parlé au téléphone, vers six heures et demie. Il s'était acheté un sandwich et quelques bouteilles de bière dans un Delicatessen de Grove Street et les avait rapportés chez lui. Puis il s'était installé pour écouter la radio et boire ses bières jusqu'à ce que le téléphone sonne à nouveau, peu après minuit.

– J'ai cru que c'était vous, dit-il. Personne ne m'appelle jamais là-bas. Le numéro n'est pas dans l'annuaire. Je me suis dit que ça devait être vous.

Mais c'était une voix qu'il n'avait pas reconnue. Une voix d'homme, sans doute déguisée. Son interlocuteur lui avait dit pouvoir amener Portia Carr à changer d'avis et retirer sa plainte. Broadfield était censé se rendre immédiatement dans un bar d'Ovington Avenue, dans le quartier de Bay Ridge, à Brooklyn. Il devait s'installer au bar jusqu'à ce que quelqu'un entre en contact avec lui.

– Pour vous éloigner de l'appartement, dis-je. Mais peut-être qu'à force de jouer au plus fin... Si vous pouvez prouver que vous étiez dans ce bar et si les horaires correspondent...

– Il n'y avait pas de bar, Matt.

– Hein ?

– J'aurais mieux fait de réfléchir avant d'y aller. Mais je me suis dit : qu'est-ce que j'ai à perdre ? Si quelqu'un veut m'arrêter et s'ils sont déjà au courant pour l'appartement, ils n'ont pas besoin de jouer à ce petit jeu, hein ? Alors, j'ai pris le métro jusqu'à Bay Ridge et j'ai trouvé Ovington Avenue. Vous connaissez un peu Brooklyn ?

– Pas très bien, non.

– Moi non plus. J'ai trouvé Ovington, mais le bar n'était pas là où il était censé être. Je me suis dit que j'avais dû me tromper et j'ai regardé dans les pages jaunes de Brooklyn, mais que dalle. Alors j'ai arpenté le coin, vous comprenez, et finalement j'ai laissé tomber et je suis rentré chez moi. A ce moment-là, je me suis dit que quelqu'un m'avait mené en bateau, pour une raison ou une autre, mais je ne voyais pas l'intérêt. Bref, je rentre à l'appartement et ça grouille de flics. Et puis j'aperçois Portia, allongée dans un coin, avec un drap sur elle. C'était pour ça qu'un fils de pute m'avait envoyé à Bay Ridge. Mais aucun barman ne peut jurer que j'y suis allé parce que le High Pocket Lounge n'existe pas. Je suis entré dans un ou deux autres bars, pendant que j'étais dans le coin, mais je ne me souviens pas de leur nom. De toute façon, ça ne prouverait rien.

– Peut-être qu'un des barmans vous reconnaîtrait.

– Et se souviendrait de l'heure ? Quand bien même, ça ne prouverait rien, Matt. J'ai pris le métro, à l'aller comme au retour, et les rames n'allaient pas vite. Imaginez qu'en fait j'aie pris un taxi avec l'idée de me trouver un alibi. Merde, même avec des trains aussi lents, j'aurais pu tuer Portia dans mon appartement vers onze heures et demie, avant de faire l'aller-retour à Bay Ridge. Sauf qu'elle n'était pas là quand je suis parti et que je ne l'ai pas tuée.

– Qui, alors ?

– C'est assez évident, non ? Quelqu'un qui veut me voir bouclé pour meurtre, là où je ne pourrai plus emmerder le Département. Maintenant la question est la suivante : qui aurait intérêt à ce que les choses se passent comme ça ?

Je l'observai une minute avant de détourner les yeux. Je lui demandai de nouveau qui était au courant pour l'appartement.

– Personne.

– Des clous, oui. Il y a Doug Fuhrmann, puisqu'il m'y a amené. Et il y a moi. Je connais aussi le numéro de téléphone, c'est vous qui me l'avez donné. Fuhrmann l'a, lui aussi ?

— Je crois bien, oui. J'en suis à peu près certain.

— Comment êtes-vous devenus si bons amis, Doug et vous ?

— Il m'a interviewé, un jour. Il se documentait pour un bouquin qu'il écrivait. On est devenus de bons compagnons de beuverie. Pourquoi ?

— Je me demandais, c'est tout. Qui d'autre était au courant ? Votre femme ?

— Diana ? Mon Dieu, non ! Elle savait que j'étais parfois obligé de rester en ville, mais je lui racontais que je passais la nuit à l'hôtel. C'est la dernière personne à qui j'aurais parlé de l'appartement. Quand un homme raconte à sa femme qu'il loue un meublé, pour elle, ça ne peut signifier qu'une chose...

Il sourit de nouveau, aussi soudainement que les autres fois.

— Le plus drôle, continua-t-il, c'est que je l'ai surtout pris pour avoir un endroit où piquer un roupillon quand j'en aurais envie. Et y ranger des vêtements de rechange et d'autres trucs dans le genre. Il m'est rarement arrivé d'y amener des filles. Généralement, elles avaient leur appart à elles.

— Mais vous en avez amené quelques-unes...

— Ça m'est arrivé, oui. Quand je rencontrais une femme mariée dans un bar, par exemple. La plupart du temps, je ne leur disais même pas mon nom.

— Qui d'autre y avez-vous amené qui pourrait connaître votre nom ? Portia Carr ?

Il eut une hésitation qui valait bien une réponse.

— Elle avait un endroit à elle.

— Mais vous l'avez aussi emmenée à l'appartement de Barrow Street...

— Juste une fois ou deux. Mais elle ne m'en aurait quand même pas fait sortir pour se glisser à l'intérieur et se buter elle-même, vous ne pensez pas ?

Je n'insistai pas. Il essaya de se rappeler qui d'autre pouvait être au courant mais ne trouva rien. Pour autant qu'il s'en souvenait, seuls Fuhrmann et moi savions qu'il s'y cachait.

— Mais vous savez, reprit-il, ça pourrait être n'importe quelle personne qui connaissait l'existence de cet endroit, Matt. Il suffisait d'appeler, juste pour voir. Il était tout aussi facile de se rencarder par hasard, en parlant dans un bar avec une fille que j'ai pu oublier : « Oh, je parie que ce salaud se planque dans son appart » — et hop.

— Et les hommes de Prejanian ?

— Qu'est-ce qu'ils viennent faire là-dedans ?

— Est-ce que vous leur avez parlé après que Carr a porté plainte contre vous ?

Il fit non de la tête.

— Pourquoi faire ? Dès l'instant où on a parlé de moi dans le journal, j'ai cessé d'exister pour ce fils de pute. Ça ne servait à rien de lui demander de l'aide. Tout ce qui intéresse M. Propre, c'est d'être le premier Arménien gouverneur de l'État de New York. Il reluque la place depuis le tout début. Ce ne serait pas le premier type à remonter l'Hudson et s'installer à Albany grâce à sa réputation de justicier.

— Effectivement. Je dois en connaître d'autres dans son genre.

— Ça ne m'étonnerait pas. Non, si j'avais pu amener Portia à changer son histoire, Prejanian aurait été plutôt content de me revoir. Mais elle ne reviendra pas dessus et lui ne bougera jamais le petit doigt. J'aurais peut-être dû aller voir Hardesty.

— Hardesty ?

— Knox Hardesty. Le District Attorney. Lui, au moins, il travaille pour l'État. C'est un fils de pute aussi ambitieux que les autres, mais il pourrait m'être plus utile que Prejanian.

— Qu'est-ce que Hardesty vient faire dans cette histoire ?

– Rien.

Broadfield alla s'asseoir sur le lit étroit. Il alluma une autre cigarette et souffla un nuage de fumée.

– Ils m'ont laissé ma cartouche de cigarettes, dit-il encore. Il y a pire, comme prison.

– Pourquoi avez-vous mentionné le nom de Hardesty ?

– Je pensais aller le voir. D'ailleurs, je l'ai sondé, mais il n'était pas intéressé. Il s'occupe de corruption à l'échelon municipal, mais uniquement pour ce qui concerne les politiciens. La corruption dans la police, il s'en fout.

– Alors, il vous a envoyé voir Prejanian.

– Vous rigolez !

Il avait l'air sidéré que je puisse imaginer une chose pareille.

– Prejanian est républicain, me dit-il, et Hardesty démocrate. Ils aimeraient tous les deux devenir gouverneur et ils finiront peut-être par se présenter l'un contre l'autre d'ici quelques années. Vous croyez que Hardesty enverrait quoi que ce soit à Prejanian ? Hardesty m'a plus ou moins conseillé de rentrer chez moi et de me calmer. C'est moi qui ai eu l'idée d'aller voir Abner.

– Parce que vous ne pouviez pas supporter la corruption une minute de plus.

Il me regarda droit dans les yeux.

– Ça vaut bien d'autres raisons, non ? lâcha-t-il d'un ton égal.

– Si vous le dites.

– Et comment que je le dis ! (Ses narines se dilatèrent de colère.) Qu'est-ce que ça peut vous faire de savoir pourquoi je suis allé voir Prejanian ? Je n'existe plus pour lui, maintenant. Celui qui a monté le coup a obtenu ce qu'il voulait ! A moins que vous trouviez un moyen de renverser la vapeur...

Il s'était levé.

– A vous de trouver qui m'a mis dans cette merde et comment il s'y est pris, dit-il en faisant de grands gestes avec sa cigarette, parce que sans ça, je ne m'en sortirai pas. Je pourrais échapper à l'accusation devant un tribunal, mais les gens penseraient que j'ai eu du bol. Je ne veux pas traîner ça comme un boulet. Pensez un peu à tous ceux qui ont été accusés et dont on a parlé dans tous les journaux. Quand on les a relâchés, vous comme les autres, vous vous êtes dit qu'ils étaient coupables, non ? Il paraît que le crime ne paie pas, mais combien pourriez-vous citer de personnes dont vous êtes prêt à parier qu'elles s'en sont sorties alors que vous les auriez imaginées finir derrière les barreaux ?

— Une bonne dizaine, à première vue.

— Vous voyez. Et si vous ajoutiez celles que vous pensez être « probablement » coupables, vous arriveriez à une bonne soixantaine. Tous les types que Lee Bailey défend et fait acquitter, tout le monde est toujours persuadé qu'ils sont coupables. Plus d'une fois, j'ai entendu des flics dire : « Untel doit être coupable, sinon pourquoi aurait-il besoin de Bailey pour le défendre ? »

— Je l'ai déjà entendu, moi aussi.

— Bien sûr. Mon avocat est bon, mais il faudra trouver autre chose. Parce que je veux plus qu'un acquittement. Et je ne peux rien attendre des flics. Ceux qui ont hérité de cette affaire doivent se frotter les mains. Rien ne leur fait plus plaisir que de me voir la tête sur le billot. Pourquoi est-ce qu'ils devraient creuser plus loin ? Tout ce qu'ils chercheront, ce sera d'autres moyens de me clouer au mur. Et s'ils trouvent quelque chose qui contredit leur thèse, je vous laisse imaginer ce qu'ils en feront. Ils l'enterreront si profondément que ce serait plus facile à retrouver en creusant depuis la Chine.

Nous parlâmes encore de deux ou trois choses et j'inscrivis quelques détails dans mon calepin. Je pris son adresse à Forest Hills, le nom de sa femme, celui de son avocat, etc. Sur une feuille blanche arrachée à mon carnet, après m'avoir emprunté mon stylo, il autorisa par écrit sa femme à me remettre deux mille cinq cents dollars.

– En liquide, Matt. Et si ce n'est pas assez, il y en a encore. Dépensez ce qu'il faut. J'assurerai les finances tant que ce sera nécessaire. Mais faites en sorte que je puisse remettre ma cravate et me tirer d'ici.

– D'où vient tout cet argent ?

– Quelle importance ?

– Je ne sais pas.

– Qu'est-ce que je suis censé répondre, merde ? Que j'ai mis une partie de mon salaire de côté ? Vous n'êtes pas si stupide. Je vous ai déjà dit que je n'étais pas une sainte-nitouche.

– Hmm.

– Alors, que le fric vienne d'ici ou d'ailleurs, qu'est-ce que ça peut faire ?

Je réfléchis quelques instants.

– Rien, dis-je. Probablement rien.

Dans le couloir, alors que nous nous dirigions vers la sortie, le gardien se tourna vers moi.

– Vous avez été flic, vous, non ?

– Un temps, oui.

– Et maintenant vous travaillez pour lui ?

– C'est exact.

– Ah, on ne choisit pas toujours son employeur ! Et il faut bien vivre.

– C'est exact.

Il se mit à siffloter doucement. Il avait la cinquantaine bien sonnée, la mâchoire carrée et les épaules larges, avec des taches de son sur le dos des mains. Au fil des années, le whisky et le tabac avaient éraillé sa voix.

– Vous pensez pouvoir le tirer de là ?

– Moi, non. Mais si je trouve des preuves, peut-être que son avocat y arrivera, lui. Pourquoi ?

– Comme ça. Si jamais il est condamné, il regrettera qu'il n'y ait plus de peine capitale dans cet État.

– Et pourquoi donc ?

– C'est un flic, non ?

– Et alors ?

– Réfléchissez. Pour l'instant, il est tout seul dans sa cellule. Il attend le procès et tout le reste avec ses fringues à lui sur le dos, tranquille dans son coin. Mais imaginons qu'il soit condamné et qu'on l'envoie, disons, à Attica. Il se retrouve dans une prison surpeuplée de criminels qui détestent les flics, avec une bonne moitié de négros qui sont nés avec la haine de la police. C'est vrai que quand on fait de la taule, ça peut se passer de toutes sortes de façons, mais je doute que ce salopard se la coule douce.

– Je n'avais pas pensé à ça.

Le gardien fit claquer sa langue sur son palais.

– Il n'aura pas une minute de tranquillité. Il faudra toujours qu'il s'inquiète de savoir si une saloperie de Noir ne va pas venir le trouver avec un couteau bricolé maison. Ils volent des cuillères à la cantine et ils les affûtent à l'atelier. J'ai travaillé à Attica, vous savez, il y a quelques années de ça, et je sais ce qu'ils font, là-bas. Vous vous souvenez de la grande mutinerie ? Quand ils ont pris des otages et tout ça ? J'étais déjà parti depuis longtemps, mais j'avais connu deux des gardiens qui ont été pris comme otages et tués. C'est un sacré endroit, Attica. Si votre copain Broadfield se retrouve là-bas, à mon avis, il aura de la chance s'il est encore vivant au bout de deux ans.

Il fit le reste du trajet en silence. Au moment de me quitter, il ajouta :

– Il n'y a pas pire pour un flic que de faire de la taule. Mais je dois dire que cette ordure le mérite.

– Ce n'est peut-être pas lui qui a tué la fille.

– Oh, arrêtez ! Qu'est-ce qu'on en a à foutre qu'il l'ait tuée ou pas ? Il est allé balancer ses collègues, non ? C'est un traître. C'est vrai ou pas ? Je me contrefous de savoir qui a tué cette pute. Ce salopard, là-bas, n'a que ce qu'il mérite.

5

J'y étais surtout allé parce que ce n'était pas loin. Les Tombs se trouvent à quatre pâtés de maisons des bureaux d'Abner Prejanian et de ses Croisés de Worth Street, dans un immeuble à la façade étroite de brique jaune, qu'il partageait avec des cabinets de comptables, une boîte de photocopie, des sociétés d'import-export et, au rez-de-chaussée, un magasin de réparation de chaussures et de remise en forme de chapeaux. Je montai l'escalier raide. Les trop nombreuses marches grinçaient. S'il m'avait fallu monter encore, j'aurais peut-être renoncé. Mais je parvins à l'étage indiqué, aperçus une porte ouverte et entrai.

Ce mardi-là, après ma première rencontre avec Jerry Broadfield, j'avais dépensé près de deux dollars en pièces de dix cents à essayer de joindre Portia Carr. Pas tout d'un coup, bien sûr. Une *dime* à la fois. Portia avait un répondeur et lorsqu'on appelle d'une cabine publique et qu'on tombe sur un répondeur, on perd généralement sa pièce. Si on raccroche assez vite et si on a de la chance et de bons réflexes, on récupère les dix cents. Mais au fil des heures, cela arrive forcément de moins en moins souvent.

Quand je n'étais pas occupé à perdre mes pièces, ce jour-là, j'essayais d'autres tactiques. J'allai ainsi voir une fille du nom d'Elaine Mardell. Elle était dans la même branche que Portia Carr et habitait dans le même quartier. Elaine m'apprit certaines choses sur Portia. Aucune information de première main – elle ne la connaissait pas personnellement – mais quelques rumeurs qui lui étaient parvenues aux oreilles. Par exemple que Portia s'était spécialisée dans la satisfaction des fantasmes sado-maso, qu'apparemment elle annulait souvent des rendez-vous ces derniers temps, et qu'elle avait un « ami très cher » qui était quelqu'un d'important, de connu, d'influent ou quelque chose dans le genre.

Dans les bureaux de Prejanian, la première femme sur laquelle je tombai ressemblait suffisamment à Elaine pour être sa sœur. Je la vis me regarder en fronçant les sourcils et me rendis compte que je la fixais du regard. De près, elle ne ressemblait pas trop à Elaine. A part les yeux. Elle avait les mêmes yeux noirs de Juive, profondément enfoncés dans les orbites, et ils prédominaient dans son visage à la manière de ceux d'Elaine.

– Je peux vous être utile ?

– Je voudrais voir M. Prejanian.

– Vous avez rendez-vous ?

– Non.

– Je suis désolée, mais il est sorti déjeuner, comme la plupart de ses collaborateurs.

Je me dis que je ne devais pas supposer que j'avais affaire à une secrétaire pour la simple raison que c'était une femme, et je commençai à lui expliquer ce que je voulais.

– Je ne suis que secrétaire, me répondit-elle. Voulez-vous attendre que M. Prejanian revienne ? Sinon, il y a M. Lorbeer. Je crois qu'il est dans son bureau.

– Qui est-ce ?

– L'assistant de M. Prejanian.

Je n'étais pas beaucoup plus avancé, mais je demandai à le voir. Elle me proposa de m'asseoir et me montra une chaise pliante en bois qui avait l'air aussi accueillante que le lit de la cellule de Broadfield. Je restai debout.

Quelques minutes plus tard, je me retrouvai assis devant un bureau plaqué de chêne, en face de Claude Lorbeer.

Lorsque j'étais enfant, dans toutes les salles de classe que j'avais fréquentées, le bureau du maître d'école était absolument identique à celui-ci. Je n'avais eu que des institutrices, sauf pour la gym et les travaux manuels, mais si j'avais eu un instituteur, il aurait sans doute ressemblé à Lorbeer : il avait l'air parfaitement à sa place derrière ce bureau. Cheveux châtain foncé coupés court et bouche étroite encadrée de rides profondes, comme des parenthèses. Ses mains pâles et grassouillettes, avec des doigts courts et boudinés, avaient l'air douces. Il portait une chemise blanche et une cravate marron unie, et il avait retroussé ses manches. Quelque chose chez lui me donnait l'impression d'avoir fait quelque chose de mal et d'être impardonnable de ne pas avoir conscience de ma faute.

– Monsieur Scudder, dit-il. J'imagine que vous êtes le policier avec lequel j'ai eu une conversation téléphonique ce matin. Je ne peux que vous répéter ce que je vous ai déjà dit. M. Prejanian ne transmettra aucune information à la police. Quelque crime qu'ait commis M. Broadfield, il ne relève pas de notre enquête et n'est certainement pas connu de nos services. Nous n'avons pas encore eu affaire aux journalistes, mais il est évident que nous adopterons la même attitude à leur égard. Nous ne ferons aucun commentaire et insisterons sur le fait que, si M. Broadfield est venu nous communiquer certaines informations de sa propre initiative, nous n'avons pris à ce jour aucune mesure relative aux renseignements fournis par lui. Nous n'avons d'ailleurs aucune intention de le faire tant que la justice ne se sera pas prononcée sur son cas.

Il avait débité sa tirade comme s'il la lisait sur un papier. La plupart des gens ont du mal à faire des phrases lorsqu'ils parlent. Lorbeer parlait en paragraphes complexes et m'avait sorti son petit discours les yeux fixés sur le bout de mon épaule gauche.

– Je crois que votre conclusion est un rien hâtive. Je ne suis pas flic.

– Vous êtes journaliste ? Je croyais que...

– J'ai été flic autrefois. J'ai quitté la police il y a quelques années.

Cela eut l'air de l'intéresser. Je le regardai réfléchir, et j'eus soudain une impression de déjà-vu. Il me fallut une bonne minute pour me souvenir. Il me rappelait Broadfield, lors de notre première rencontre, la tête penchée de côté, le visage tendu par la concentration. Comme Broadfield, Lorbeer aurait aimé savoir où était mon intérêt dans cette histoire. Réformateur, il l'était peut-être, et il travaillait peut-être aussi pour M. Propre en personne, mais ça ne l'empêchait pas de vouloir se remplir les poches comme tout flic qui cherche à arrondir ses fins de mois.

– Je viens de voir Broadfield, lui renvoyai-je. C'est pour lui que je travaille. Il prétend qu'il n'a pas tué la fille Carr.

– C'est bien naturel, non ? J'ai cru comprendre qu'on avait retrouvé le corps chez lui.

Je hochai la tête.

– Il pense que c'est un coup monté pour l'accuser du meurtre. Il veut que j'essaie de trouver qui est derrière tout ça.

– Je vois.

J'avais l'air de l'intéresser nettement moins : je n'étais plus là que pour retrouver l'auteur d'un meurtre. Il avait dû espérer que j'allais l'aider à flinguer tout le Département d'un coup.

– Bien, ajouta-t-il. Je ne vois pas très bien comment nos services pourraient être impliqués dans cette affaire.

– Ils ne le sont peut-être pas. Je cherche simplement à en savoir davantage. Je ne connais pas bien Broadfield, je l'ai rencontré pour la première fois mardi dernier. C'est un drôle de client. Je n'arrive pas toujours à savoir quand il me baratine.

L'ombre d'un sourire apparut sur les lèvres de Claude Lorbeer. Il n'y avait pas du tout l'air à sa place.

– J'aime la façon dont vous le décrivez, me dit-il. Broadfield est effectivement un menteur extrêmement subtil.

– C'est justement ce qui est difficile à dire. Est-il vraiment si subtil que ça ? Et quand est-ce qu'il ment ? Il prétend être venu vous offrir ses services de sa propre initiative. Il dit que vous n'avez pas eu à le forcer.

– C'est parfaitement exact.

– C'est difficile à croire.

Lorbeer fit une tente du bout de ses doigts.

– Pas plus difficile pour vous que pour nous. Broadfield est venu nous voir directement. Il ne nous a même pas téléphoné pour nous prévenir. Nous n'avions jamais entendu parler de lui avant qu'il fasse irruption ici pour nous offrir la lune, et sans rien demander en retour.

– Ça n'a aucun sens.

– Je sais.

Il se pencha en avant, l'air extrêmement concentré. Il devait avoir environ vingt-huit ans. Sa façon d'être lui donnait l'air plus âgé, mais lorsqu'il réfléchissait ces années disparaissaient et l'on se rendait compte de sa jeunesse.

– C'est bien pour cela qu'il est si difficile d'accorder foi à tout ce que raconte cet homme, monsieur Scudder. Nous ne pouvons pas imaginer ce qui le pousse à agir de la sorte. Oh, il a demandé l'immunité pour ce qu'il pourrait révéler qui l'impliquerait, mais nous l'accordons automatiquement. A part ça, il n'a rien réclamé d'autre.

– Pourquoi est-il venu vous trouver ?

– Je n'en ai aucune idée. Je vais vous dire quelque chose : je ne lui ai jamais fait confiance. Pas parce qu'il serait malhonnête. Nous avons sans cesse affaire à des escrocs. Nous sommes bien obligés. Mais au moins sont-ils rationnels, alors que son comportement à lui ne l'est pas. J'ai dit à M. Prejanian que je n'avais aucune confiance en Broadfield. Qu'à mon avis, c'était un fou, un excentrique. Je ne voulais rien avoir à faire avec lui.

– Vous avez dit tout ça à Prejanian ?

– Oui, absolument. J'aurais été heureux d'apprendre que Broadfield avait eu une expérience mystique et que cela avait changé sa vie. Ce sont des choses qui arrivent. Pas très souvent, j'imagine.

– Effectivement.

– Mais il n'a même pas fait semblant. Apparemment, il a toujours été cynique, jovial et manipulateur.

Lorbeer soupira.

– Aujourd'hui, enchaîna-t-il, M. Prejanian est d'accord avec moi. Il est désolé que nous ayons traité avec Broadfield. Il est clair que cet homme a commis un meurtre et... oh, avant cela, il y a eu cette malheureuse publicité à la suite de la plainte déposée contre lui. Cela pouvait nous mettre dans une position délicate. Nous n'avions pourtant pas levé le petit doigt, vous savez, mais ce genre de publicité ne fonctionne pas à notre avantage.

Je hochai la tête.

– A propos de Broadfield, dis-je. Vous le voyiez souvent ?

– Pas très. Il travaillait directement avec M. Prejanian.

– Lui est-il arrivé de venir ici avec quelqu'un ? Une femme ?

– Non, il était toujours seul.

– A-t-il rencontré Prejanian ou quelqu'un d'autre de chez vous ailleurs qu'ici ?

– Non, il venait toujours nous voir ici.

– Savez-vous où était son appartement ?

– Dans Barrow Street, non ?

Je dressai l'oreille, mais il continua :

– Je n'étais pas au courant qu'il avait un appartement à New York, mais j'ai lu quelque chose là-dessus dans le journal. Quelque part dans Greenwich Village, non ?

– L'avez-vous entendu mentionner le nom de Portia Carr ?

– C'est la femme qu'il a tuée, n'est-ce pas ?

– Qui a été tuée.

Il parvint à sourire.

– Je reconnais mon erreur. Ne jamais tirer de conclusions hâtives, même si elles semblent s'imposer. Non, je suis certain de ne pas avoir entendu son nom avant qu'il apparaisse dans le journal de lundi.

Je lui montrai la photo de Portia, déchirée dans le *News* du jour, et complétai la description. Mais il ne l'avait jamais vue.

– Voyons si j'ai bien tout compris, reprit-il. Il extorquait de l'argent à cette femme. Cent dollars par semaine, c'est ça ? Elle l'a dénoncé lundi et, hier soir, elle a été assassinée dans son appartement.

– Elle prétendait qu'il lui soutirait de l'argent. Quand je l'ai rencontrée, elle m'a raconté la même histoire. Je crois qu'elle mentait.

– Pourquoi mentirait-elle ?

– Pour discréditer Broadfield.

Il eut l'air véritablement perplexe.

– Mais pourquoi ferait-elle cela ? C'était une prostituée, n'est-ce pas ? Pourquoi une prostituée essaierait-elle de faire obstacle à notre croisade contre la corruption de la police ? Qui voudrait tuer une prostituée dans l'appartement de Broadfield ? Et pourquoi ? Tout cela est déroutant.

– Je ne vous le fais pas dire.

– Je m'y perds, poursuivit-il. Déjà que je n'arrive pas à comprendre pourquoi Broadfield est venu nous trouver…

Moi si. Au moins avais-je maintenant une petite idée sur la question. Mais je décidai de la garder pour moi.

6

Je m'arrêtai à mon hôtel pour prendre une douche et me passer un coup de rasoir électrique. Il y avait trois messages dans mon casier, trois personnes qui avaient tenté de me joindre et qui voulaient que je les rappelle. Anita, encore une fois, un lieutenant de police du nom d'Eddie Koehler, et Mlle Mardell.

Je me dis qu'Anita et Eddie pouvaient attendre. J'appelai Elaine du téléphone à pièces dans le hall. Ce n'était pas le genre d'appel que je voulais voir transiter par le standard. Ils ne laissaient peut-être pas traîner leurs oreilles partout, mais on ne sait jamais.

— Bonjour, dis-je lorsqu'elle décrocha. Tu sais qui c'est ?

— Je crois, oui.

— Tu m'as appelé.

— Mouais. Je me doutais que c'était toi. Tu as des problèmes avec ton téléphone ?

— Je suis dans une cabine, et toi ?

— Y a pas de lézards dans mon téléphone. Toutes les semaines, je me paie les services d'un petit chat hawaïen qui vient les bouffer. Pour l'instant, il n'en a trouvé aucun, mais peut-être qu'il ne sait pas bien chercher. Comment savoir ? C'est vraiment un tout petit chat. Je crois qu'il est complètement transistorisé.

— Tu es drôle, comme nana.

— Où en serions-nous si nous n'avions pas le sens de

l'humour, je vous le demande ? Autant y aller mollo, au téléphone, hein ? Bon, tu peux sans doute imaginer pourquoi je t'ai appelé.

– Oui.

– A propos de ce que tu m'as demandé, l'autre jour… Comme je suis une fille qui lit régulièrement le journal, je voulais savoir si toute cette histoire pouvait se retourner contre moi ? Dois-je commencer à m'inquiéter ?

– Surtout pas.

– C'est vrai ?

– Absolument. Sauf si certains coups de fil que tu as passés pour te renseigner permettent de remonter jusqu'à toi. Tu as parlé à certaines personnes, si j'ai bien compris.

– J'y ai déjà pensé, mais de ce côté-là tout est verrouillé. Si tu dis que je n'ai rien à craindre, alors je ne m'inquiéterai pas, et c'est tout à fait ce que la petite fille de Mme Mardell avait envie d'entendre.

– Je croyais que tu avais changé de nom ?

– Hein ? Oh non, pas moi ! Je suis née Elaine Mardell, mon bébé. Ce qui ne veut pas dire que mon père ne l'a pas trafiqué, autrefois, mais c'était déjà un joli nom de goy à l'époque où je suis venue au monde.

– Je passerai peut-être te voir plus tard, Elaine.

– Pour le business ou le plaisir ? Ou plutôt : pour ton boulot ou le mien ?

Je m'aperçus que je souriais au combiné.

– Disons un peu des deux. Il faut que j'aille dans le Queens, mais je t'appellerai après, si je viens.

– Appelle-moi de toute façon, mon grand. Si tu ne peux pas venir, appelle-moi. C'est pour ça qu'on met…

– Des pièces de dix cents dans les capotes. Je sais.

– Oh, tu connais déjà toutes mes bonnes blagues. Tu n'es pas drôle.

Mon wagon de métro avait été décoré par un dingo armé d'une bombe de peinture. Il avait un seul message à adresser au monde et s'était cassé le cul à l'inscrire partout où c'était possible, répétant son leitmotiv à l'infini avec des fioritures compliquées et autres ornements. NOUS SOMMES AUSSI DES JEANS, déclarait-il. Je n'arrivais pas à savoir si le dernier mot était une simple erreur d'orthographe ou bien s'il s'y trouvait un sens caché que la drogue pouvait révéler.

NOUS SOMMES AUSSI DES JEANS.

J'eus tout le temps de réfléchir à la signification de cette phrase jusqu'au croisement de Queens Boulevard et de Continental Street. Je sortis du métro et marchai quelque temps, traversant des rues aux noms d'écoles privées : Exeter, Groton, Harrow. J'arrivai à Nansen Street, où Broadfield vivait avec sa famille. Je ne sais pas d'où vient le nom de cette rue.

La résidence des Broadfield était une belle maison située en retrait de la rue, sur un terrain agréablement planté de fleurs et d'arbres. Sur la bande de gazon entre le trottoir et la rue, un vieil érable, tout enflammé de rouge et d'or, rappelait à chacun que c'était l'automne.

Le bâtiment proprement dit n'avait qu'un étage et datait d'une trentaine ou d'une quarantaine d'années. Il avait bien vieilli. Tout le pâté de maisons était constitué de constructions semblables, mais suffisamment différentes les unes des autres pour qu'on n'ait pas l'impression d'être dans une cité.

Difficile de croire que je me trouvais à New York. On a du mal à se rappeler, quand on habite à Manhattan, qu'un pourcentage élevé d'habitants de la Grosse Pomme vit dans de petites maisons, dans des rues bordées d'arbres. Même les politiciens ont parfois des difficultés à s'en souvenir.

Je remontai une allée de pierres plates jusqu'à la porte d'entrée et sonnai. J'entendis un carillon tinter à l'intérieur, puis des pas s'approchèrent de la porte, et celle-ci s'ouvrit sur une femme mince aux cheveux noirs coupés court. Elle portait un pull vert pomme et un pantalon vert foncé. La couleur allait avec ses yeux et accentuait son air de nymphe des bois timide. Séduisante, elle aurait été encore plus jolie si elle n'avait pas récemment pleuré. Elle avait les yeux rouges et les traits tirés.

Je me présentai, elle me fit entrer. Elle m'annonça que je devais l'excuser, que tout était sens dessus dessous parce qu'elle avait passé une très mauvaise journée.

Je la suivis dans le séjour et pris la chaise qu'elle me désignait. Malgré ses dires, je ne voyais pas le moindre désordre. La pièce était d'une propreté immaculée et meublée avec beaucoup de goût. Décor plutôt traditionnel, sans pour autant qu'on se sente dans un musée. Ici et là, des photos dans des cadres en argent. Une partition ouverte sur le piano droit. Elle s'en empara, la referma et la rangea dans la banquette.

– Les enfants sont en haut, dit-elle. Sara et Jennifer sont parties à l'école avant que j'entende les nouvelles. Lorsqu'elles sont rentrées, après le déjeuner, je les ai gardées ici. Eric n'ira pas au jardin d'enfants avant l'année prochaine, il a l'habitude de rester à la maison. Je ne sais pas s'ils sont au courant et je ne sais pas quoi leur dire. Et le téléphone n'arrête pas de sonner. Je voudrais pouvoir le laisser décroché, mais s'il s'agissait d'un appel important, hein ? Je n'aurais pas pu vous répondre si j'avais laissé décroché. Je voudrais tellement savoir quoi faire.

Elle tressaillit et se tordit les mains.

– Je suis désolée, reprit-elle d'une voix plus calme. Je suis en état de choc. Sonnée et agitée à la fois. Mon mari a disparu pendant deux jours. Puis j'ai appris qu'il était en prison. Et qu'on l'accusait de meurtre.

Elle prit une profonde inspiration.

– Voulez-vous du café ? Je viens d'en faire. Sinon, je peux vous donner quelque chose de plus fort.

Je lui dis qu'un café allongé de whisky m'irait parfaitement. Elle passa dans la cuisine et revint avec deux grandes tasses de café.

— Je ne sais pas quel whisky mettre dedans, ni combien, dit-elle. Le bar à liqueurs est là-bas. Prenez ce qui vous plaît.

Le bar en question était bien pourvu en marques de prix. Cela ne me surprit pas. Je n'ai jamais connu de flic qui ne reçoive pas beaucoup de bouteilles pour Noël. Les gens qui hésitent à vous donner de l'argent ont moins de mal à vous refiler une bouteille ou une caisse d'alcools de marque. Je versai une bonne rasade de Wild Turkey dans ma tasse. C'était peut-être du gâchis. Tous les bourbons se ressemblent quand on les mélange à du café.

— C'est bon, comme ça ?

Elle se tenait debout à côté de moi, sa tasse dans le creux des mains.

— Je pourrais peut-être essayer, dit-elle. Je ne bois pas beaucoup, d'habitude. Je n'ai jamais aimé le goût de l'alcool. Vous croyez que cela me détendrait un peu ?

— Ça ne vous ferait certainement pas de mal.

Elle me tendit sa tasse.

— Vous voulez bien me servir ? S'il vous plaît.

Je remplis sa tasse, elle remua le tout avec sa cuillère et goûta.

— Oh, mais c'est bon ! dit-elle d'une voix presque enfantine. En tout cas, ça réchauffe. Est-ce que c'est très fort ?

— A peu près autant qu'un cocktail. Mais le café a tendance à compenser certains effets de l'alcool.

— Vous voulez dire qu'on ne devient pas ivre ?

— Si, au bout d'un moment. Mais sans l'impression de fatigue qui va généralement avec. Est-ce qu'un seul verre suffit à vous saouler, d'habitude ?

— Ça me fait de l'effet, oui. J'ai bien peur de ne pas être une vraie buveuse. Mais je ne crois pas que cela me fera du mal.

Elle me regarda et, pendant un bref instant, nous nous défiâmes du regard. Je ne sais toujours pas exactement ce qui se passa, mais lorsque nos yeux se rencontrèrent et échangèrent des messages sans paroles, quelque chose circula instantanément entre nous, sans que nous nous en rendions compte, tout comme nous n'avions pas eu conscience des messages qui avaient précédé.

Je rompis le charme. Je sortis de mon portefeuille le mot que son mari avait écrit et le lui tendis. Elle le parcourut une première fois rapidement, puis elle le relut plus attentivement.

— Deux mille cinq cents dollars. J'imagine qu'il vous les faut tout de suite, monsieur Scudder.

— Je vais sans doute avoir des frais.

— Bien sûr. (Elle plia le papier en deux, puis en quatre.) Je ne me rappelle pas avoir entendu Jerry mentionner votre nom. Vous vous connaissez depuis longtemps ?

— Non, pas du tout.

— Vous êtes de la police. Vous avez travaillé ensemble ?

— J'étais dans la police, madame Broadfield. Maintenant je suis un genre de détective privé.

— Quel « genre », monsieur Scudder ?

— Du genre qui travaille sans licence. Après toutes ces années, j'éprouve une véritable aversion pour la paperasse.

— « Une aversion ».

— Pardon ?

— J'ai dit ça tout haut ?

Elle sourit et tout son visage s'éclaira.

— Je ne crois pas avoir jamais entendu un policier prononcer ce mot-là, dit-elle. Oh, ils en connaissent qui font de l'effet, mais ils sont tous d'un genre particulier. Mon expression préférée, c'est : « auteur présumé ». Et j'aime aussi beaucoup le mot « scélérat ». Il n'y a qu'un policier ou un journaliste pour traiter quelqu'un de « scélérat » et les journalistes l'écrivent, le plus souvent, ils ne le disent pas.

Nos regards se croisèrent de nouveau et son sourire disparut.

— Je suis désolée, monsieur Scudder. Voilà que je bavasse encore.

— J'aime bien votre façon de bavasser.

Pendant une fraction de seconde je crus qu'elle allait rougir, mais ce ne fut pas le cas. Elle prit une profonde inspiration et me dit qu'elle allait me donner mon argent. Je lui répondis que je n'étais pas pressé, mais elle rétorqua que c'était aussi simple d'en finir une bonne fois pour toutes. Je m'installai pour siroter mon café. Elle sortit de la pièce et monta à l'étage.

Elle revint quelques minutes plus tard avec une liasse de billets qu'elle me tendit. Rien que des billets de cinquante et de cent. Je les glissai dans la poche de ma veste.

— Vous ne voulez pas les compter ?

Je lui fis signe que non.

— Vous avez confiance, dit-elle. Je crois bien que vous m'avez dit votre prénom, mais je n'arrive pas à m'en souvenir.

— Matthew.

— Moi, c'est Diana.

Elle prit sa tasse et la vida rapidement, comme si elle avalait un médicament.

— Cela servirait-il à quelque chose si je vous disais que mon mari était avec moi hier soir ?

— On l'a arrêté à New York, madame Broadfield.

— Je viens de vous dire mon prénom. Vous ne voulez pas vous en servir ?

Puis elle se rappela de quoi nous parlions et le ton de sa voix changea.

— A quelle heure l'a-t-on arrêté ?

— Vers deux heures et demie.

— Où ça ?

— Dans un appartement du Village. C'est là qu'il se cachait depuis que Mlle Carr avait porté plainte contre lui. On lui a téléphoné pour l'attirer à l'extérieur et pendant qu'il était dehors quelqu'un a amené la fille dans l'appartement avant de la tuer et de prévenir la police. Ou alors, elle était déjà morte quand on l'y a amenée.

— Ou bien c'est Jerry qui l'a tuée.

— Je ne crois pas, non.

Elle réfléchit, puis décida de changer de tactique.

– A qui était l'appartement ?

– Je ne sais pas très bien.

– Vraiment ? Ce devait être le sien. Oh, j'ai toujours su qu'il en avait un. Je n'ai pas vu certains de ses vêtements depuis des éternités et ça me donne à penser qu'il conserve une partie de sa garde-robe quelque part en ville. (Elle soupira.) Je me demande pourquoi il essaie de me cacher des choses. J'en sais tellement, il doit bien savoir que je suis au courant, non ? Est-ce qu'il croit que je ne sais pas qu'il a d'autres femmes ? Il pense peut-être que ça m'embête...

– C'est le cas ?

Elle me dévisagea longuement. Je ne pensais pas qu'elle répondrait à la question, mais elle le fit.

– Bien sûr que ça me dérange, dit-elle. Évidemment.

Elle baissa les yeux sur sa tasse de café et parut stupéfaite de la trouver vide.

– Je vais me resservir, dit-elle. Vous en voulez, Matthew ?

– Oui, merci.

Elle emporta les tasses à la cuisine. En revenant, elle s'arrêta devant le bar à liqueurs pour les soigner toutes les deux. Elle eut la main généreuse avec le Wild Turkey, m'accordant le double de la dose que je m'étais versée.

Elle se rassit sur le canapé, plus près de ma chaise cette fois. Elle but quelques gorgées et me regarda par-dessus sa tasse.

– A quelle heure cette fille a-t-elle été tuée ?

– Aux dernières nouvelles, vers minuit.

– Et il a été arrêté vers deux heures et demie ?

– A peu près, oui.

– Eh bien, c'est très simple, non ? Je dirai qu'il est rentré juste après que les enfants étaient allés se coucher. Il voulait me voir et changer de vêtements. Et il est resté avec moi à regarder la télévision à partir de onze heures, jusqu'à la fin du Carson Show ; ensuite il est reparti à New York et il est arrivé juste au moment où on l'a arrêté. Qu'est-ce qu'il y a ?

– Ça ne servira à rien, Diana.

– Pourquoi ?

– Personne ne gobera ça. Le seul genre d'alibi qui pourrait rendre service à votre mari devrait être autrement bétonné. La parole de sa femme, sans aucune autre confirmation... non, ça ne servirait à rien.

– J'aurais dû m'en douter.

– Ce n'est pas grave.

– Est-ce qu'il l'a tuée, Matthew ?

– Il dit que non.

– Vous le croyez ?

Je hochai la tête.

– Je crois que c'est quelqu'un d'autre. Et qu'on a monté le coup pour le faire accuser.

– Pour quelle raison ?

– Pour entraver l'enquête sur le Département. Ou pour des motifs personnels : quelqu'un avait peut-être des raisons de tuer Portia Carr, mais votre mari faisait un pigeon idéal.

– Ce n'est pas ce que je voulais dire. Qu'est-ce qui vous fait croire qu'il est innocent ?

Je réfléchis à la question. J'avais quelques bonnes raisons de le croire, parmi lesquelles le fait qu'il était trop intelligent pour commettre un meurtre aussi bête. Il aurait certes pu tuer la fille dans son propre appartement, mais il ne l'y aurait pas laissée pour passer quelques heures à traîner dehors sans se constituer un alibi. Cependant aucune de mes raisons n'avait vraiment d'importance, et elles ne valaient pas la peine d'être répétées.

– Je ne crois pas qu'il l'ait fait, tout simplement. J'ai été flic pendant un bon bout de temps. On développe certains instincts, certaines intuitions. Si on est assez bon, on finit par sentir les choses.

– Je parie que vous étiez bon.

– Je n'étais pas mauvais. Je savais ce que j'avais à faire,

et j'ai eu de bonnes intuitions. Et j'étais si impliqué dans ce que je faisais que j'ai fini par mettre beaucoup de moi-même dans mon travail. Ça change pas mal de choses. C'est beaucoup plus facile d'être bon quand on est vraiment pris par ce qu'on fait.

— Et puis vous êtes parti ?

— Oui. Il y a quelques années.

— Volontairement ?

Elle rougit et porta une main à ses lèvres.

— Je suis vraiment désolée, dit-elle. C'est une question idiote et ça ne me regarde pas.

— Ça n'a rien d'idiot. Oui, je suis parti de mon plein gré.

— Pourquoi ? Évidemment, ce ne sont pas mes affaires non plus.

— Pour des raisons personnelles.

— Bien sûr. Je suis vraiment désolée, je crois que les effets de ce whisky commencent à se faire sentir. Vous m'excusez ?

— Il n'y a pas de quoi. J'avais des raisons personnelles, c'est tout. Peut-être qu'un jour j'aurai envie de vous en parler.

— Peut-être, Matthew.

Et nos yeux se retrouvèrent à nouveau, jusqu'à ce que tout à coup elle soupire et vide sa tasse.

— Est-ce que vous avez accepté de l'argent, je veux dire... quand vous étiez dans la police ?

— Des fois. Je ne suis pas devenu riche pour autant et je n'ai jamais tendu la main, mais oui, j'ai pris ce qu'on m'offrait. Nous n'avons jamais vécu de mon seul salaire.

— Vous êtes marié ?

— Oh, parce que j'ai dit « nous » ? Je suis divorcé.

— Je pense parfois au divorce. Ce n'est pas vraiment le moment, évidemment. Pour l'instant, il incombe plutôt à l'épouse fidèle et d'une patience à toute épreuve de rester aux côtés de son mari qui a besoin d'elle. Pourquoi souriez-vous ?

– J'échange trois « aversion » contre un « incombe ».

– Marché conclu. (Elle baissa les yeux.) Jerry reçoit beaucoup d'argent, dit-elle.

– C'est ce que j'ai cru comprendre.

– Ces deux mille cinq cents dollars que je vous ai donnés… Imaginez un peu, tout cet argent dans cette maison ! Je n'ai eu qu'à monter là-haut et prendre ce qu'il fallait. Il en reste encore des quantités dans le coffre. Je ne sais pas combien. Je n'ai jamais compté.

Je ne dis rien. Elle était assise les jambes croisées, les mains posées sur son ventre. Ses longues jambes dans son pantalon vert foncé. Son pull vert pomme et ses yeux couleur de menthe fraîche. Ses mains délicates aux longs doigts minces et ses ongles courts, sans vernis.

– J'ai appris l'existence de ce coffre juste avant qu'il aille voir ce procureur spécial, reprit-elle. Je ne me souviens jamais de son nom.

– Abner Prejanian.

– Voilà. Évidemment, je savais que Jerry recevait de l'argent. Il ne l'a jamais dit comme ça, mais c'était évident et il me l'a fait comprendre. Comme s'il voulait que je le sache, sans pour autant me le dire clairement. Je me rendais bien compte que nous ne vivions pas de ce qu'il gagnait légalement. Il dépense tellement d'argent pour s'habiller… Et j'imagine qu'il en dépense aussi pour d'autres femmes.

Sa voix faillit se briser, mais elle continua comme si de rien n'était.

– Un jour, enchaîna-t-elle, il m'a prise à part pour me montrer le coffre. Il y a une serrure à combinaison et il m'en a donné les chiffres. Il m'a dit que je pouvais me servir quand je voulais, qu'il y en aurait toujours. Je n'ai jamais ouvert ce coffre, jusqu'à maintenant. Ni pour compter, ni pour quoi que ce soit d'autre. Je ne voulais pas penser à cet argent, ni le voir, et encore moins savoir combien il y en avait. Vous voulez que je vous raconte quelque chose d'intéressant ? Un soir, la semaine dernière, j'ai eu envie de le quitter, mais je n'arrivais pas à imaginer comment ce serait possible financièrement. Je n'ai même pas pensé à l'argent du coffre. L'idée ne m'en a même pas traversé l'esprit ! Je ne sais pas si c'est une question de morale ou quoi. Je n'ai pas ce genre de scrupules. Mais il y a tellement d'argent là-dedans, vous comprenez... et je ne veux pas imaginer ce qu'on doit faire pour en avoir autant. Est-ce que vous comprenez ce que j'essaie de vous dire, Matthew ?

– Oui.

– Cette femme, il l'a peut-être bien assassinée. S'il décidait de commettre un meurtre, je ne crois pas qu'il éprouverait le moindre remords.

– Lui est-il déjà arrivé de tuer quelqu'un durant son service ?

– Non, il a tiré sur plusieurs criminels, mais aucun n'en est mort.

– Il a fait son service militaire ?

– Il a été stationné en Allemagne pendant quelques années. Mais il n'a jamais participé aux combats.

– Est-il violent ? Vous a-t-il déjà frappée ?

– Non, jamais. Il m'est arrivé d'avoir peur de lui, mais je ne peux pas dire pourquoi. Il ne m'a jamais donné de véritables raisons d'avoir peur. Si un homme me frappait, je ne resterais pas avec lui. (Elle sourit amèrement.) Du moins, je le crois. Autrefois, je me disais que je quitterais un homme qui aurait d'autres femmes, alors... Pourquoi est-ce que nous ne nous connaissons jamais aussi bien que nous le pensons, Matthew ?

– Bonne question.

– J'en ai tellement, de ces bonnes questions ! Je ne connais pas vraiment cet homme. C'est incroyable, non ? Ça fait des années et des années que je suis mariée avec lui et je ne le connais pas. Je ne l'ai jamais connu. Vous a-t-il expliqué pourquoi il avait décidé de collaborer avec le procureur spécial ?

– J'espérais qu'il vous l'aurait dit.

Elle secoua la tête.

– Je n'en ai pas la moindre idée. Mais je ne sais jamais pourquoi il agit comme il le fait. Pourquoi m'a-t-il épousée ? En voilà une bonne question ! Voilà même ce que j'appelle une putain de bonne question, Matthew. Qu'est-ce que Jerome Broadfield a bien pu trouver à la timide Diana Cummings ?

– Oh, arrêtez ! Vous savez très bien que vous êtes séduisante.

– Je sais que je ne suis pas repoussante.

– Vous êtes bien mieux que ça. « Tes mains perchées sur tes cuisses comme deux colombes. Un homme pourrait se perdre tout entier dans tes yeux. »

– Je n'ai pas beaucoup de présence, Matthew.

– Que voulez-vous dire ?

– Comment vous expliquer ? Voyons. Vous savez, il suffit à certains acteurs de mettre le pied sur une scène pour que tous les regards se tournent vers eux. Même si l'un de leurs partenaires est au milieu d'une tirade. Ils ont une telle présence qu'on est obligé de les regarder. Je ne suis pas comme ça, pas du tout. Mais Jerry, oui.

– Il ne passe pas inaperçu, c'est certain. Sa taille y est probablement pour quelque chose.

– C'est plus que cela. Il est grand et séduisant, mais c'est autre chose. Il a je ne sais quoi de particulier qui fait que les gens le regardent dans la rue. Depuis que je le connais, il en a toujours été ainsi. Et ne croyez pas qu'il ne le fasse pas exprès. Je l'ai déjà vu s'entraîner, Matthew. Il m'arrive de reconnaître un geste apparemment anodin que je l'ai surpris à répéter ; je sais à quel point la chose est calculée, et, dans ces moments-là, je vous jure que je le méprise.

Dehors, une voiture passa. Nous restâmes assis sans nous regarder directement, à écouter les bruits étouffés de la rue et de nos pensées.

– Vous avez dit que vous étiez divorcé.

– Oui.

— Depuis longtemps ?

— Quelques années.

— Des enfants ?

— Deux garçons. C'est ma femme qui en a la garde.

— J'ai deux filles et un garçon. J'ai déjà dû vous le dire.

— Sara, Jennifer et Eric.

— Vous avez une mémoire remarquable. (Elle regarda ses mains.) Est-ce que c'est mieux d'être divorcé ?

— Je ne sais pas. Parfois c'est mieux et parfois c'est pire. En fait, je ne vois pas les choses en ces termes. Pour moi, ce n'était pas une question de choix. Plutôt une obligation.

— Votre femme voulait le divorce ?

— Non, c'est moi qui l'ai demandé. C'est moi qui étais obligé de vivre seul. Mais mon désir n'était pas une question de choix, si vous comprenez ce que je veux dire. Il fallait que je me retrouve seul.

— Vous vivez toujours seul ?

— Oui.

— Et vous en êtes content ?

— Vous connaissez quelqu'un qui le soit ?

Elle resta un long moment sans rien dire. Elle était assise les mains jointes autour d'un genou, la tête penchée en arrière, les yeux fermés, perdue dans ses pensées. Sans même ouvrir les yeux, elle reprit :

— Que va-t-il arriver à Jerry ?

— Difficile à dire. A moins de trouver des preuves de son innocence, il va passer en jugement. Peut-être qu'il s'en tirera, peut-être que non. Un avocat efficace pourrait faire traîner les choses en longueur.

— Mais il se peut qu'il soit condamné ?

J'hésitai, puis j'opinai.

— Et qu'il aille en prison ? enchaîna-t-elle.

— C'est possible.

— Mon Dieu !

Elle prit sa tasse et en contempla le fond, puis elle leva la tête et ses yeux rencontrèrent les miens.

— Vous voulez encore du café, Matthew ? me demanda-
t-elle.

— Non, merci.

— Vous pensez que je devrais me resservir ?

— Si vous en avez besoin.

Elle réfléchit.

— Non, pas vraiment. Vous savez ce qu'il me faudrait ?

Je gardai le silence.

— Je voudrais que vous veniez vous asseoir ici, à côté
de moi. Et que vous me serriez dans vos bras.

Je m'installai sur le canapé à côté d'elle, elle s'empressa
de venir se pelotonner contre moi, comme un petit animal
avide de chaleur. Son visage était tout doux contre le mien,
son haleine chaude et sucrée. Lorsque ma bouche trouva
la sienne, elle se raidit un instant. Puis, comme si elle
comprenait que sa décision était prise depuis longtemps,
elle se détendit et me rendit mon baiser.

— Oublions tout le reste, dit-elle au bout d'un moment.
Tout.

Elle n'eut pas besoin d'ajouter autre chose, ni moi non
plus.

Un peu plus tard, nous nous retrouvâmes assis comme
avant, elle sur le canapé, moi sur la chaise. Elle buvait à
petites gorgées un café noir sans alcool, et j'avais à la main
un verre de bourbon pur dont j'avais bu un peu plus de
la moitié. Nous parlions tranquillement et interrompîmes
notre conversation en entendant des pas dans l'escalier.
Une fillette d'une dizaine d'années entra dans la pièce.
Elle ressemblait à sa mère.

— Maman, dit-elle, moi et Jennifer, on veut...

— Jennifer et moi.

L'enfant soupira ostensiblement.

— Maman, Jennifer et moi, on veut regarder *Le Voyage
fantastique*, mais Eric fait l'andouille, il veut voir les *Flint-*

*stone*s, mais moi et Jennifer, je veux dire Jennifer et moi, on déteste ça.

— Ne traite pas Eric d'andouille.

— Je ne l'ai pas traité d'andouille. J'ai simplement dit qu'il faisait l'andouille.

— Évidemment, ça n'a rien à voir. Jennifer et toi n'avez qu'à regarder votre émission dans ma chambre. C'est bien ce que tu voulais ?

— Pourquoi est-ce que tu n'envoies pas Eric dans ta chambre ? Après tout, il est planté devant notre télé.

— Je ne veux pas qu'il aille tout seul dans ma chambre.

— Eh ben, moi et Jennifer, on veut pas non plus qu'il soit tout seul dans notre chambre, Maman, et...

— Sara...

— Bon, d'accord. On ira dans ta chambre.

— Sara, je te présente M. Scudder.

— Bonjour, monsieur. Je peux y aller, Maman ?

— A tout à l'heure, Sara.

Lorsque l'enfant eut disparu en haut des marches, sa mère poussa un long soupir de soulagement.

— Je me demande bien ce qui a pu m'arriver, dit-elle. Je n'ai jamais rien fait de pareil. Je ne dis pas que je suis une sainte. J'ai... l'année dernière j'ai eu une histoire avec quelqu'un. Mais dans ma propre maison, mon Dieu, et avec les enfants au-dessus ! Sara aurait très bien pu nous surprendre. Je ne l'aurais certainement pas entendue arriver. (Elle sourit tout à coup.) On aurait pu déclencher la Troisième Guerre mondiale que je n'aurais rien entendu. Vous êtes vraiment gentil, Matthew. Je ne sais pas comment c'est arrivé, mais je ne vais pas me trouver d'excuses. Je suis heureuse que nous l'ayons fait.

— Moi aussi.

— Est-ce que vous savez que vous n'avez toujours pas prononcé mon prénom ? Vous n'avez pas cessé de m'appeler Mme Broadfield.

J'avais dit son prénom une fois à voix haute et plusieurs fois silencieusement. Mais je le répétai.

– Diana.

– C'est beaucoup mieux.

– Diane, déesse de la Lune.

– Et de la chasse.

– De la chasse, aussi ? Je ne savais pas.

– Je me demande si on la verra ce soir, la lune. Il commence déjà à faire sombre, non ? J'ai du mal à y croire. Où est passé l'été ? Le printemps commençait à peine l'autre jour et nous voilà déjà en octobre. Dans quelques semaines, mes trois farouches Indiens se déguiseront pour extorquer des bonbons aux voisins. (Son visage s'assombrit.) C'est une tradition familiale, apparemment. L'extorsion.

– Diana…

– Et dans à peine un mois, ce sera Thanksgiving. N'avez-vous pas l'impression que nous venons de le fêter, il y a peut-être trois mois ? Quatre, au maximum ?

– Je sais ce que vous voulez dire. Les jours passent aussi lentement que d'habitude, mais les années s'enfuient à toute allure.

Elle hocha la tête.

– J'ai toujours cru que ma grand-mère était folle. Elle me disait que le temps passait de plus en plus vite au fur et à mesure qu'on vieillissait. Ou bien elle était folle, ou bien elle me prenait pour une enfant particulièrement crédule : comme si le temps pouvait s'écouler à un rythme différent suivant l'âge de la personne ! Mais elle n'avait pas tort. Une année représente trois pour cent de ma vie, et dix pour cent de celle de Sara : pour moi, ça passe à toute vitesse, mais pour elle, ça n'en finit pas. Elle est pressée de voir le temps passer, tandis que je voudrais le voir ralentir un peu. Oh, Matthew, ce n'est pas drôle de vieillir !

– Vous êtes bête.

– Moi ? Pourquoi ?

– Vous parlez de vieillir alors que vous n'êtes vous-même qu'une enfant.

— On n'est plus une enfant quand on est la mère de quelqu'un.

— Vous voulez rire.

— Je vieillis, Matthew. Regardez comme je suis plus vieille aujourd'hui qu'hier.

— Plus vieille ? Mais plus jeune aussi, vous ne croyez pas ? Dans un certain sens ?

— Oui, dit-elle. Vous avez raison. Je n'avais pas pensé à ça.

Lorsque mon verre fut vide, je me levai.

— Je ferais mieux de partir, dis-je.

— Ce serait bien si vous pouviez rester.

— C'est peut-être une bonne chose que je ne puisse pas.

Elle réfléchit quelques instants.

— Vous avez sans doute raison. Ça m'aurait quand même fait plaisir. Vous allez avoir froid, ajouta-t-elle. La température dégringole rapidement une fois que le soleil est couché. Je vais vous raccompagner à Manhattan. Je peux ? Sara est assez grande pour jouer les baby-sitters. Je vais vous ramener, vous irez plus vite qu'en métro.

— Je vais prendre le métro, Diana.

— Alors, je vous accompagne à la station.

— Je préfère marcher pour éliminer l'alcool.

Elle me dévisagea puis hocha la tête.

— D'accord.

— Je vous appellerai si j'apprends quoi que ce soit.

— Et même si vous n'apprenez rien ?

— Même si je n'apprends rien.

Je lui tendis la main, mais elle recula.

— Je ne vais pas m'attacher, Matthew, je veux que vous le sachiez.

— Je le sais.

— Et n'allez pas imaginer que vous me devez quoi que ce soit.

— Venez ici.

— Vous êtes si gentil avec moi.

Lorsque nous arrivâmes à la porte, elle me dit encore :

— Vous allez continuer à travailler pour Jerry. Est-ce que ça va compliquer les choses ?

— Rien n'est jamais simple.

Dehors, il faisait froid. Ma veste ne suffisait pas à me protéger du vent glacial qui me soufflait dans le dos.

A mi-chemin de la station de métro, je me rendis compte que j'aurais pu emprunter un de ses pardessus. Un homme tel que Jerry Broadfield, avec sa passion pour les vêtements, devait certainement en avoir trois ou quatre, et Diana aurait été trop heureuse de m'en prêter un. Je n'y avais pas pensé, elle ne me l'avait pas proposé, et je me dis que c'était aussi bien comme ça. Dans la même journée, je m'étais assis sur sa chaise, j'avais bu son whisky, pris son argent et fait l'amour avec sa femme. Je n'étais pas obligé de me balader en ville dans ses vêtements.

Le quai de la station était surélevé et on se serait cru dans une gare de Long Island. Évidemment, le métro venait juste de passer, bien que je ne l'aie pas entendu s'éloigner. Il n'y avait que moi sur le quai. Peu à peu, d'autres voyageurs arrivèrent. Certains allumèrent une cigarette.

En principe, il est interdit de fumer dans les stations de métro, souterraines ou pas. Tout le monde – ou presque – obéit à cette règle en dessous de la surface alors que tous les fumeurs ou presque ne se gênent pas pour en griller une sur les quais du métro aérien. Pourquoi, je n'en ai pas la moindre idée. Souterraines ou pas, les stations sont construites à l'épreuve du feu et l'air y est partout si vicié que la fumée n'aggrave pas les choses de manière sensible. Mais les gens respectent la loi dans certaines stations tandis qu'ils la violent régulièrement dans les autres – sans être punis pour autant –, et personne n'a jamais su expliquer pourquoi.

Curieux.

Le métro finit par arriver. Les gens jetèrent leur cigarette et montèrent à bord. Le wagon dans lequel je me retrouvai était décoré de graffitis, mais ceux-ci se limitaient aux tags et inscriptions classiques. Rien d'aussi inventif que : NOUS SOMMES AUSSI DES JEANS.

Je n'avais pas prévu de baiser sa femme.

Il y avait eu un moment où je n'aurais même pas imaginé la chose, puis un autre où j'avais su que cela allait arriver, et ces deux moments avaient été remarquablement proches dans le temps.

Difficile de dire exactement pourquoi c'était arrivé.

Je ne rencontre pas souvent des femmes que je désire. L'occasion se présente d'ailleurs de moins en moins fréquemment, que cela soit dû au fait que je vieillis ou à une transformation intérieure. J'en avais rencontré une la veille et, pour différentes raisons, conscientes ou inconscientes, je n'étais pas passé à l'acte. A présent, elle et moi n'aurions plus jamais l'occasion de nous connaître.

Peut-être certaines cellules imbéciles de mon cerveau avaient-elles fini par se convaincre que si je ne prenais pas Diana Broadfield sur le canapé de son salon un maniaque viendrait la massacrer.

Il faisait chaud dans le wagon, mais je frissonnai comme si j'étais encore en plein vent sur le quai. C'était la plus belle époque de l'année, mais c'était aussi la plus triste. Parce que l'hiver était proche.

7

D'autres messages m'attendaient à l'hôtel. Anita avait encore appelé et Eddie Koehler avait par deux fois essayé de me joindre. Je m'approchai de l'ascenseur, puis je changeai d'avis et me dirigeai vers la cabine téléphonique pour appeler Elaine.

— J'avais dit que j'appellerais de toute façon, lui dis-je. Je ne crois pas que je passerai ce soir. Peut-être demain.

— Comme tu veux, Matt. Tu as quelque chose d'important à me dire ?

— Tu te souviens de ce dont nous avons déjà parlé ? Si tu pouvais en savoir davantage sur ce sujet, je ferais en sorte que tu n'aies pas perdu ton temps.

— Je ne sais pas, dit-elle. Je ne veux pas me faire remarquer. Il faut que je garde profil bas, comme on dit. Je fais mon boulot et je mets de côté des pièces de monnaie pour mes vieux jours.

— Tu fais dans l'immobilier, si je me souviens bien ?

— Ouais. Des appartements, dans Queens.

— J'ai du mal à t'imaginer en proprio.

— Les locataires ne m'ont jamais vue. Un administrateur de biens s'occupe de tout. C'est un de mes clients.

— Je vois. Tu es en train de devenir riche ?

— Je m'en sors pas trop mal. Je n'ai pas l'intention de finir comme ces vieilles femmes qu'on voit dans Broadway et qui n'ont qu'un dollar pour se nourrir chaque jour. Ça, pas question.

– Eh bien, tu pourrais peut-être poser des questions et te faire quelques dollars. Si ça t'intéresse.

– Je pourrais toujours essayer. A condition que mon nom ne soit pas mêlé à tout ça. D'accord ? Tu veux juste que je trouve quelque chose qui puisse te servir d'ouverture, c'est ça ?

– Exact.

– Bon, je vais voir ce que je peux faire.

– Merci, Elaine. Je passerai demain.

– Appelle-moi d'abord.

Je montai dans ma chambre, enlevai mes chaussures et me vautrai sur le lit. Je fermai les yeux une minute ou deux. J'étais au bord de m'endormir lorsque je me forçai à m'asseoir. La bouteille de bourbon, sur la table de chevet, était vide. Je la balançai dans la corbeille et jetai un coup d'œil à l'étagère du placard. J'y trouvai une bouteille de Jim Beam qui n'avait pas été ouverte et m'attendait. J'en dévissai le capuchon et en bus une petite rasade. Ce n'était pas du Wild Turkey, mais ça faisait le même effet.

Eddie Koehler voulait que je le rappelle, mais je ne voyais pas pourquoi notre conversation ne pourrait pas attendre un jour ou deux. Je n'avais aucun mal à imaginer ce qu'il voulait me dire et pas spécialement envie de l'entendre.

Il devait être à peu près huit heures et quart lorsque je décrochai le téléphone et appelai Anita.

Nous ne fûmes pas très bavards. Elle m'expliqua que les dernières factures étaient assez élevées, qu'elle s'était fait extraire une dent, que les vêtements qu'elle achetait pour les garçons devenaient instantanément trop petits et que si je pouvais mettre de côté quelques dollars, ils seraient les bienvenus. Je lui dis que je venais de dégoter du boulot et que je lui enverrais un mandat le lendemain matin.

— Ça m'aiderait beaucoup, Matt. Mais si je t'ai laissé des messages, c'est que les garçons voulaient te parler.

— Passe-les-moi.

Je parlai d'abord à Mickey. Il ne dit pas grand-chose. Pas de problème à l'école, tout allait bien. Le baratin habituel, quoi. Puis il me passa son grand frère.

— Papa ? Tu sais, ils ont prévu un truc aux scouts, pour le match d'ouverture de la saison des Nets, contre les Squires. C'est rien que pour les pères avec leurs fils, tu comprends. La troupe a droit à un quota de places, alors tout le monde sera assis ensemble.

— Toi et Mickey voudriez y aller ?

— Oh oui ! On peut ? Moi et Mick, on est des fans des Nets et ils devraient être bons, cette saison.

— Jennifer et moi.

— Hein ?

— Rien.

— Le seul truc, c'est que c'est plutôt cher.

— Combien ?

— Heu… quinze dollars par personne, avec le déjeuner avant et le transport en bus jusqu'au stade.

— Et ça grimpe à combien si tu ne déjeunes pas avec eux ?

— Hein ? Je ne sais pas si… Oh ! (Il se mit à rigoler.) Ça alors, ce serait super. Attends que je le dise à Mick. Papa veut savoir combien ça coûterait si on ne déjeunait pas avec les autres. T'as pas compris, imbécile ? Allô, Papa ? Ça ferait combien si on n'y allait pas en bus ?

— Bien vu. Ça marche.

— Je parie que pour le déjeuner, il y aura du poulet pané.

— Ils servent toujours du poulet pané. Écoute, pour ce que ça coûte, on aurait tort de s'en priver et si on est bien placés, c'est plutôt une bonne affaire. C'est quand ?

— Dans un peu plus d'une semaine. Vendredi soir.

— Ça risque de poser problème. Tu aurais pu me prévenir plus longtemps à l'avance.

— Ils viennent juste de nous le dire, à la dernière réunion. Alors, c'est non ?

— C'est plus compliqué que ça. Je suis sur une affaire et je ne sais pas encore pour combien de temps je vais en avoir, ou si je peux m'échapper quelques heures.

— Alors, c'est que ça doit être une affaire importante, hein ?

— Le type que j'essaie d'aider est accusé de meurtre.

— Et c'est lui l'assassin ?

— Je ne crois pas, mais encore faut-il que j'arrive à le prouver.

— Est-ce que la police ne peut pas enquêter pour s'en assurer ?

S'ils n'en ont pas envie, ça ne risque pas, pensai-je.

— En fait, lui dis-je, ils pensent que mon ami est coupable et ils ne veulent pas s'embêter à chercher plus loin. C'est pour ça qu'il m'a engagé.

Je me frottai la tempe. Je commençai à avoir des élancements.

— Écoute, repris-je, voilà ce qu'on va faire. Toi, tu t'occupes de réserver. D'accord ? Demain, j'envoie de l'argent à ta mère et j'y ajouterai quarante-cinq dollars pour les billets. Si je ne peux pas venir, je te préviendrai ; tu n'auras qu'à refiler le billet et y aller avec quelqu'un d'autre. Qu'est-ce que tu en penses ?

Il y eut un silence.

— Le truc, c'est que Jack a dit qu'il nous emmènerait si tu pouvais pas.

— Jack ?

— L'ami de Maman.

— Ah.

— Mais, tu sais, c'est censé être un truc entre père et fils, et Jack n'est pas notre père.

— Bon. Attends une seconde, tu veux ?

Je n'avais pas vraiment besoin de boire, mais je ne pensais pas que ça puisse me faire du mal.

– Comment est-ce que vous vous entendez, toi et Jack ? lui demandai-je après avoir refermé la bouteille.

– Oh, pas mal.

– Tant mieux. Dis-moi ce que tu penses de ça : si je peux, je vous emmène. Sinon, tu prends mon billet pour y aller avec Jack. D'accord ?

– Marché conclu.

A l'Armstrong's, je saluai de la tête quatre ou cinq personnes, mais ne trouvai pas l'homme que je cherchais. Je m'installai à ma table. Lorsque Trina vint me voir, je lui demandai si Doug Fuhrmann était passé.

– Tu as une heure de retard, dit-elle. Il s'est pointé, il a bu une bière, il a payé et il s'est cassé.

– Est-ce que par hasard tu sais où il habite ?

Elle fit non de la tête.

– Quelque part dans le quartier, mais je ne saurais pas te dire où. Pourquoi ?

– Je voulais lui parler.

– Je vais demander à Don.

Mais Don ne savait pas non plus. Je commandai un bol de soupe et un hamburger. Plus tard, lorsque Trina vint m'apporter mon café, elle s'assit en face de moi et appuya son petit menton pointu sur le dos de sa main.

– Tu as l'air bizarre, me dit-elle.

– J'ai toujours l'air bizarre.

– Je veux dire, bizarre par rapport à d'habitude. Ou bien tu bosses, ou bien il y a quelque chose qui t'énerve.

– C'est peut-être les deux.

– Tu bosses ?

– Mm-mm.

– C'est pour ça que tu cherches Doug Fuhrmann ? Tu travailles pour lui ?

– Pour un ami à lui.

– Tu as essayé l'annuaire ?

Je posai mon index sur le bout de son petit nez.

– Tu devrais être détective. Tu serais probablement bien meilleure que moi.

Sauf que Furhmann n'était pas dans l'annuaire.

Enfermé dans ma chambre d'hôtel avec un annuaire, je découvris environ deux douzaines de Fuhrmann listés à Manhattan, deux fois plus de Furman, et une poignée de Ferman et de Fermin. J'allais passer mes coups de fil depuis la cabine au rez-de-chaussée, m'interrompant régulièrement pour demander à Vinnie de me faire de la monnaie. Quand j'appelle de ma chambre, ça me coûte le double, et c'est déjà assez agaçant de gâcher des pièces de dix cents pour des prunes. J'essayai de joindre les Fuhrmann, Furman et autres, qui habitaient dans un rayon de trois kilomètres autour de l'Armstrong's et parlai à de nombreux individus qui portaient le même nom que mon ami écrivain, à quelques-uns qui portaient aussi le même prénom que lui, mais je ne trouvai personne qui le connaissait et dépensai beaucoup de pièces de dix cents avant de laisser tomber.

Je retournai à l'Armstrong's vers onze heures, peut-être un peu plus tard. Deux infirmières occupant ma table habituelle, je m'installai un peu plus loin. Je jetai un rapide coup d'œil aux clients du bar, juste pour vérifier que Fuhrmann n'en faisait pas partie. Trina se précipita vers moi.

– Ne regarde pas tout de suite, me dit-elle, mais il y a quelqu'un au bar qui a demandé après toi.

– Je ne savais pas que tu pouvais parler sans bouger les lèvres.

– Le troisième près de l'entrée. Un costaud. Il portait un chapeau, mais je ne sais pas s'il l'a encore.

– Si, si.

– Tu le connais ?

— Tu pourrais lâcher ton boulot de merde et devenir
ventriloque, lui suggérai-je. Ne t'inquiète pas, il ne peut
pas lire sur tes lèvres, ma grande. Tu lui tournes le dos.

— Tu sais qui c'est ?

— Mm-mm. T'inquiète pas.

— Est-ce que je dois lui dire que tu es là ?

— Pas la peine. Il arrive. Demande à Don ce qu'il boit
et apporte-lui la même chose. Pour moi, ce sera comme
d'habitude.

Je regardai Eddie Koehler s'approcher, tirer une chaise
et s'installer. Nos regards se croisèrent. Début du round
d'observation. Il sortit un cigare de la poche de sa veste,
défit l'emballage, puis il palpa ses poches jusqu'à ce qu'il
trouve un cure-dent pour en perforer l'extrémité. Il mit
un bon bout de temps à allumer son cigare, en le tournant
au-dessus de la flamme pour qu'il se consume correcte-
ment.

Trina revint avec les boissons avant que nous ayons
ouvert la bouche. Son verre semblait rempli de scotch
allongé d'eau. Elle lui demanda s'il le voulait bien mélan-
gé, et il hocha la tête. Elle s'exécuta et posa le verre sur
la table devant lui, puis elle me servit ma tasse de café et
ma double ration de bourbon. Je bus une petite gorgée
de bourbon pur et versai le reste dans mon café.

— T'es dur à trouver, me lança Eddie. Je t'ai laissé plusieurs messages. Tu ne t'es peut-être pas pointé à ton hôtel
pour les relever ?

— Si, je les ai trouvés.

— C'est ce que le réceptionniste m'a dit quand j'ai
débarqué. Alors c'est que ma ligne devait être occupée
quand tu as essayé de me joindre.

— Je ne t'ai pas appelé.

— Ah bon ?

— J'étais occupé, Eddie.

— T'avais pas le temps de téléphoner à un vieux pote,
c'est ça ?

— J'avais prévu de le faire demain matin.

– Ouais, ouais.

– Si, demain, à un moment ou un autre.

– C'est ça. Et ce soir, tu étais occupé.

– C'est exact.

Il parut se rendre compte qu'il avait un verre devant lui. Il le regarda comme s'il n'avait jamais rien vu de pareil. Il fit passer son cigare dans sa main gauche, leva le verre de la droite, le renifla et me regarda.

– Ça ressemble à ce que j'ai bu tout à l'heure, dit-il.

– Je lui ai demandé de t'apporter la même chose.

– C'est pas du haut de gamme. Juste du Seagram's. Le même que je m'enfile depuis des années.

– Bien sûr.

– Tu sais, j'en prends rarement plus de deux ou trois par jour. Deux ou trois verres… c'est ce que toi tu prends au petit déjeuner, hein, Matt ?

– Oh, je n'en suis pas encore là, Eddie.

– Non ? Je suis heureux de l'apprendre. Les gens racontent de ces trucs, tu peux pas savoir ! Tu serais surpris d'entendre ce qui se dit.

– J'imagine assez bien.

– Ça m'étonne pas. Bon, alors, à quoi est-ce que tu veux boire ? Un toast en particulier ?

– Non, rien de spécial.

– A propos de spécial, t'as une objection à ce qu'on boive à la santé du procureur spécial, M. Abner Prejanian ?

– Comme tu voudras.

– Parfait. (Il leva son verre.) A Prejanian, qu'il crève et qu'il crame en enfer.

Je cognai son verre avec ma tasse et nous bûmes.

– Ça ne te pose pas de problème de porter ce genre de toast, hein ?

Je haussai les épaules.

– Si ça te fait plaisir… Je ne connais pas le bonhomme en question.

– Tu n'as jamais rencontré ce fils de pute ?

– Non.

— Moi, oui. Quel petit enculé !

Il but une autre gorgée, puis il secoua la tête, agacé, et reposa son verre.

— Merde, arrête de déconner, Matt. On se connaît depuis combien de temps ?

— Ça fait quelques années, Eddie.

— Bon. Alors qu'est-ce que tu fous avec un connard comme Broadfield, tu peux me le dire ? Tu joues dans son camp ?

— Il m'a embauché.

— Pour faire quoi ?

— Trouver les preuves qui le disculperont.

— Pour échapper à l'accusation, c'est ça ? Tu sais à quel point ce type est un salopard ? Est-ce que tu en as la moindre idée ?

— Je crois, oui.

— Il veut démolir tout le Département, voilà ce qu'il veut. Il va aider ce fouteur de merde, ce cafard de première, à soi-disant dénoncer la corruption en haut lieu. Putain, ce que je hais ce faux cul ! Quand il était flic, il n'y avait pas plus corrompu que lui. Il tendait la main à tout bout de champ, Matt. Il ne se contentait pas de prendre tout ce qu'on lui refilait, non. Il réclamait. Un vrai malade. Il partait à la chasse aux petits escrocs et aux dealers, ce genre-là, tu vois. Mais pas pour les arrêter. S'ils ne lui filaient pas du fric, alors là oui, ils faisaient le voyage jusqu'au poste. Il s'était mis à son compte, quoi. Son insigne lui servait de licence pour racketter les gens.

— Je sais tout ça.

— Tu sais tout ça et tu bosses quand même pour lui.

— Et s'il n'a pas tué la fille ?

— Elle était raide morte chez lui.

— Tu crois qu'il aurait été assez stupide pour la tuer et la laisser là-bas ?

— Eh merde !

Il tira sur son cigare qui rougeoya.

— Il s'est cassé de l'endroit, reprit-il, pour bazarder ce

dont il s'est servi pour la cogner et la crever. Il est allé jusqu'au fleuve et il a tout balancé. Ensuite, il s'est arrêté quelque part pour boire des bières parce que c'est un sacré fils de pute et qu'il est un peu dingo. Après, il est revenu chercher le corps pour s'en débarrasser. Mais voilà : nos hommes étaient déjà sur les lieux et l'attendaient.

— Tu crois qu'il serait venu se jeter dans la gueule du loup ?

— Pourquoi pas ?

Je secouai la tête.

— Ça n'a aucun sens. Il est peut-être un peu cinglé, mais il n'est certainement pas stupide, et toi, tu prétends qu'il a agi comme un débile mental. Et d'abord, comment est-ce que tes hommes ont su qu'ils devaient se rendre dans cet appartement ? Les journaux disent que vous avez été prévenus par un coup de téléphone. C'est vrai ?

— Exact.

— Anonyme ?

— Oui. Et alors ?

— Comme c'est commode ! Pourquoi est-ce qu'on vous a tuyautés ? Elle a crié ? Quelqu'un l'a entendue ? D'où venait l'appel ?

— Qu'est-ce que ça peut faire ? Peut-être que quelqu'un a regardé par la fenêtre. On nous a dit qu'il y avait une femme assassinée dans un appartement à telle adresse, quelques types de chez nous sont allés voir et ils ont trouvé une femme avec une bosse sur la tête, une blessure à l'arme blanche dans le dos, morte. On se fout pas mal de savoir comment notre informateur savait qu'elle était là.

— Si c'était lui qui l'y avait amenée, par exemple, ça changerait quand même pas mal les choses, non ?

— Oh, arrête de déconner, Matt !

— Tu n'as aucune preuve concrète. Aucune. Que des preuves indirectes.

— Ça suffit pour le coincer. Putain, on retrouve le corps dans son putain d'appartement ; on a le mobile et les circonstances. Qu'est-ce que tu veux de plus ? Il avait toutes les raisons de la tuer. Elle le tenait par les couilles, alors il a voulu la crever, c'est évident. Tu sais, Matt, reprit-il après avoir bu quelques gorgées, tu étais sacrément bon autrefois. Peut-être que maintenant l'alcool te joue des tours. Peut-être que tu ne tiens plus aussi bien le coup.

— Ça se pourrait.

— Eh merde.

Il poussa un profond soupir.

— Tu peux prendre son fric, Matt, reprit-il. Il faut bien vivre. Je sais ce que c'est. Mais ne viens pas foutre le boxon dans cette histoire, d'accord ? Prends son fric et pompe-le tant que tu peux. Merde, il a assez souvent taxé les autres. Il peut bien se faire entuber, pour changer.

— Je ne crois pas qu'il l'ait tuée.

— Merde.

Il sortit le cigare de sa bouche, le contempla quelques instants, le coinça entre ses dents et tira dessus. Puis, un ton en dessous :

— Tu sais, Matt, le Département est plutôt propre, ces temps-ci. Plus qu'il l'a été pendant des années. Il y en a encore qui touchent des gros paquets, je ne dis pas le contraire, mais le vieux système où un clodo apporte une enveloppe pour qu'un commissariat entier en partage le contenu, ça n'existe plus.

— Même dans les quartiers nord ?

— Bon, peut-être qu'un des commissariats, là-haut, n'est pas tout à fait blanc comme neige. C'est difficile de cadrer tout ce qui se passe, là-bas. Tu sais comment c'est. Mais à part ça, il y a vraiment du mieux.

— Et alors ?

— Alors, on se comporte plutôt bien et ce fils de pute nous fait de nouveau passer pour des merdeux ! Beaucoup de nos meilleurs hommes vont avoir de sacrés emmerdes pour la simple raison qu'une ordure veut se racheter une conduite et qu'un autre salopard de fouteur de merde veut devenir gouverneur.

— C'est pour ça que tu détestes Broadfield, mais…

— Et comment que je le déteste !

— … mais pourquoi est-ce que tu veux le voir en taule ? (Je me penchai vers lui.) Il est fini, Eddie. Complètement foutu. J'ai parlé à un membre de l'équipe de Prejanian. Ils ne veulent plus entendre parler de lui. Il pourrait sortir demain que Prejanian ne le reprendrait pas. Celui qui a monté le coup l'a suffisamment démoli pour que tu n'aies plus à t'inquiéter. Pourquoi est-ce que je ne pourrais pas poursuivre le meurtrier ?

— Mais nous l'avons, le meurtrier. Il est dans une cellule des Tombs.

— Imaginons simplement que tu te trompes, Eddie. Qu'est-ce qui se passe ?

Il me dévisagea.

— D'accord, dit-il. Supposons que j'aie tort. Supposons que ton type soit blanc comme neige. Partons de l'idée qu'il n'a jamais rien fait de mal. Et que quelqu'un d'autre a tué… comment s'appelle-t-elle, déjà ?

— Portia Carr.

— C'est ça. Bon. Quelqu'un a monté le coup de manière à faire accuser Broadfield.

— Oui.

— Tu cours après le type et tu le coinces.

— Oui.

— Et il se trouve que c'est un flic. Qui pourrait avoir de meilleures raisons d'envoyer Broadfield à l'ombre ?

— Ah.

— Comme tu dis. Ça va faire de l'effet, hein ?

Le menton pointé vers moi, les muscles de la gorge tendus, il me jeta des regards furieux.

— Je ne dis pas que c'est ce qui s'est passé, continua-t-il. De mon point de vue, Broadfield est aussi coupable que Judas. Mais si jamais ce n'est pas lui, il s'est bien fait avoir, et qui est-ce que ça pourrait être d'autre que quelques flics qui veulent donner à ce fils de pute la punition qu'il mérite ? Ça ferait une sacrée histoire, ça, hein ? Un flic tue une fille et en rend responsable un autre flic pour dynamiter une enquête sur la corruption dans la police. Ça ferait du joli !

Je réfléchis.

– Si c'est effectivement ce qui s'est passé, dis-je, tu préférerais que Broadfield aille en prison plutôt que de voir l'affaire éclater au grand jour ? C'est bien ça que tu es en train de dire ?

– Et merde.

– C'est ça que tu veux, Eddie ?

– Tu fais chier, Matt. Je préférerais le voir crevé. Même si je devais moi-même lui éclater la cervelle.

– Matt ? Ça va ?

Je levai les yeux vers Trina. Elle avait enlevé son tablier et portait son manteau sur le bras.

– Tu pars ?

– J'ai fini mon service. Tu as descendu de sacrées quantités de bourbon. Je voulais juste voir si tout allait bien.

Je hochai la tête.

– Qui était l'homme avec qui tu parlais ?

– Un vieux pote. Un flic, un lieutenant du sixième secteur. Plus bas, au Village.

Je levai mon verre mais le reposai sans avoir bu.

– C'était mon meilleur copain dans la police. On n'était pas comme les deux doigts de la main, mais on s'entendait assez bien. Évidemment, on finit par s'éloigner, avec les années.

– Qu'est-ce qu'il voulait ?

– Simplement discuter.

– Tu avais l'air contrarié après son départ.

Je levai les yeux vers elle.

– Le problème, lui répondis-je, c'est que le meurtre est une chose à part. Prendre une vie humaine, c'est vraiment à part. On ne devrait pas pardonner ça. On ne devrait jamais pardonner ça.

— Je ne te suis pas.

— Ce n'est pas lui qui l'a tuée, merde ! Il est innocent et tout le monde s'en fout. Eddie Koehler s'en fout. Je le connais, pourtant. C'est un bon flic.

— Matt...

— Mais il s'en fout. Il ne veut surtout pas que je me foule parce qu'il tient à ce que l'autre pauvre con aille en cabane pour un meurtre qu'il n'a pas commis et que le véritable assassin ne soit pas inquiété.

— Je ne comprends pas ce que tu dis, Matt. Écoute, lâche ce verre, d'accord ? Tu n'en as pas vraiment besoin, hein ?

Tout me paraissait pourtant très clair. Je n'arrivais pas à comprendre pourquoi Trina semblait avoir du mal à me suivre. J'articulais suffisamment et mes pensées, au moins pour moi, semblaient s'enchaîner avec une clarté cristalline.

— Une clarté cristalline, dis-je.

— Quoi ?

— Je sais ce qu'il veut. Ça n'intéresse personne, mais c'est évident. Tu sais ce qu'il veut, Diana ?

— Trina, Matt. Tu ne me reconnais plus, mon chou ?

— Bien sûr que si. Simple lapsus. Je vais te dire ce qu'il veut, mon lapin. Il veut la gloire.

— Qui ça, Matt ? Le type à qui tu parlais ?

— Eddie ? (Je ris rien que d'y penser.) Eddie Koehler se fout pas mal de la gloire. Non, je parle de Jerry. Ce bon vieux Jerry.

— Ah.

Elle dénoua mes doigts serrés et s'empara du verre.

— Je reviens, dit-elle. Dans moins d'une minute.

Elle s'éloigna, et quelques instants plus tard elle était de retour. J'avais peut-être continué à lui parler pendant qu'elle s'était éloignée de la table. Je n'en suis pas certain.

— Rentrons, Matt. Je vais te raccompagner, d'accord ? Ou bien est-ce que tu veux passer la nuit chez moi ?

— Pas possible.

— Bien sûr que si.

— Non. Faut que je voie Doug Fuhrmann. Indispensable que je voie le vieux Doug, mon lapin.

— Tu l'as trouvé dans l'annuaire ?

— L'annuaire. C'est ça. Il va tous nous mettre dans un livre, mon lapin. Il en a bien l'intention.

— Je ne comprends pas.

Je fronçai les sourcils, agacé. J'étais parfaitement clair et je ne comprenais pas pourquoi ce que je disais lui échappait. C'était une fille intelligente, Trina. Elle devait être capable de piger.

— L'addition, dis-je.

— Tu as déjà réglé l'addition. Avec un pourboire, en plus. Tu as laissé trop d'argent. Allez, s'il te plaît, lève-toi. Voilà… c'est bien. T'as pris le monde sur le coin de la figure, hein, mon grand ? Ça va aller. Après toutes les fois où tu m'as aidée quand je partais en petits morceaux, je peux bien le faire pour toi de temps en temps, hein ?

— L'addition, Trina.

— Tu as payé l'addition, je viens de te le dire, et…

— Celle de Fuhrmann.

J'avais moins de mal à penser et m'exprimer clairement maintenant que j'étais debout.

— Il a payé par chèque, enchaînai-je. Quand il est venu en début de soirée. C'est bien ce que tu m'as dit, non ?

— Et alors ?

— Le chèque devrait se trouver dans la caisse, n'est-ce pas ?

— Bien sûr. Qu'est-ce que ça peut faire ? Écoute, Matt, allons prendre l'air et tu te sentiras beaucoup mieux.

Je l'arrêtai d'un geste.

— Je me sens très bien. Le chèque de Fuhrmann est dans la caisse. Demande à Don si tu peux y jeter un coup d'œil.

Elle ne me comprenait toujours pas. J'expliquai :

— La plupart des gens ont leur adresse imprimée sur

leurs chèques. J'aurais dû y penser avant. Va voir, tu veux ? S'il te plaît.

Le chèque était dans la caisse et l'adresse se trouvait bien dessus. Elle revint et me la lut. Je lui donnai mon carnet et mon stylo et lui demandai de me l'écrire.

— Mais tu ne peux pas y aller maintenant, Matt. Il est trop tard et tu n'es pas en état de le faire.

— Tu as raison, il est trop tard et je suis trop bourré.

— Demain matin...

— Généralement, je ne me bourre pas la gueule à ce point, Trina. Mais ça va aller.

— Bien sûr, mon grand. Sortons prendre l'air. Tu vois ? Ça va déjà mieux. C'est bien, mon grand.

8

La matinée fut difficile. J'avalai de l'aspirine et descendis au Red Flame boire des litres de café qui firent un peu d'effet. J'avais les mains qui tremblaient légèrement et mon estomac menaçait sans cesse de se retourner.

Ce que je désirais par-dessus tout, c'était un verre d'alcool. Mais j'en avais tellement envie qu'il valait mieux que je ne boive pas. J'avais des choses à faire, il fallait que je bouge, que j'aille voir des gens. Je m'en tins au café.

A la poste de la 60ᵉ Rue, je me procurai un mandat de mille dollars et un autre de quarante-cinq dollars. Je les glissai tous les deux dans une enveloppe que j'adressai à Anita. Puis je tournai le coin de la rue pour aller à l'église Saint-Paul, dans la IXᵉ Avenue. Je dus y rester quinze ou vingt minutes, sans penser à rien de particulier. Avant de sortir, je m'arrêtai devant la statue de saint Antoine et allumai quelques cierges pour des amis absents. Pour Portia Carr, pour Estrellita Rivera et quelques autres. Puis je glissai cinq billets de cinquante dollars dans le tronc des pauvres et ressortis dans le froid matinal.

J'ai un rapport bizarre avec les églises et je ne le comprends pas entièrement moi-même. Ça a commencé peu après que j'eus emménagé dans mon hôtel de la 57ᵉ Rue. Je me suis mis à fréquenter les églises, puis à allumer des cierges et, pour finir, à faire l'aumône. Chose curieuse, je donne un dixième de l'argent que je gagne – quel qu'en soit le montant – à la première église dans laquelle je m'arrête après avoir reçu mon dû. Je ne sais pas ce qu'ils en font. Ils en dépensent probablement la moitié à convertir d'heureux païens et le reste pour acheter de grosses voitures aux membres du clergé. Mais je continue de leur donner de l'argent, sans cesser de me demander pourquoi.

Les catholiques en récoltent la majeure partie, à cause de leurs horaires. Leurs églises sont ouvertes plus souvent que les autres. Sinon, je suis aussi œcuménique qu'il est possible de l'être. Un dixième du premier versement de Broadfield était allé à Saint-Bartholomew, une église épiscopale du quartier de Portia Carr, et maintenant un dixième de son second versement atterrissait à Saint-Paul.

Dieu sait pourquoi.

Doug Fuhrmann habitait dans la IXe Avenue, entre la 53e et la 54e Rue. A gauche d'une quincaillerie, il y avait une entrée d'immeuble, avec au-dessus un panneau indiquant qu'on pouvait louer des chambres meublées à la semaine ou au mois. Pas de boîtes aux lettres dans le hall d'entrée, ni d'interphones au nom des locataires. Je sonnai et attendis devant la porte intérieure jusqu'à ce qu'une femme aux cheveux rouges de henné vienne ouvrir. Elle portait une robe de chambre à carreaux et des pantoufles miteuses.

– C'est complet, dit-elle. Essayez trois portes plus loin, il lui reste presque toujours quelque chose de libre.

Je lui dis que je cherchais Doug Fuhrmann.

– Au troisième, la porte en face, dit-elle. Il vous attend ?

– Oui, lui mentis-je.

– Parce que d'habitude il dort tard. Vous pouvez monter.

Je grimpai trois volées de marches au milieu des odeurs aigres d'un immeuble qui se déglinguait en même temps que ses locataires. J'étais étonné que Fuhrmann habite un endroit pareil. Les hommes qui vivent dans les meublés décrépits du quartier de Hell's Kitchen n'ont généralement pas leur adresse imprimée sur leurs chèques. D'ailleurs, ils n'ont généralement pas de compte-chèques.

J'arrivai devant sa porte. A l'intérieur, une radio était allumée. Tout à coup, j'entendis un cliquetis frénétique de machine à écrire, puis de nouveau rien d'autre que la radio. Je frappai à la porte. Il y eut un bruit de chaise qu'on recule.

– Qui est-ce ? demanda la voix de Fuhrmann.

– Scudder.

– Matt ? Une seconde.

J'attendis, la porte s'ouvrit et Fuhrmann m'accueillit avec un large sourire.

– Entre, dit-il. Mon Dieu, tu as une de ces tronches ! Tu as la crève, ou quoi ?

– J'ai eu une nuit difficile.

– Tu veux du café ? Je peux te faire de l'instantané. Dis donc, comment est-ce que tu m'as retrouvé ? Secret professionnel ? Après tout, il paraît que les détectives sont censés savoir pister les gens.

Il se dépêcha de brancher une bouilloire électrique et versa une dose de café instantané dans des tasses en porcelaine blanche. Il entretenait la conversation, mais je ne l'écoutais pas. J'étais occupé à observer l'endroit où il habitait.

Je n'aurais jamais imaginé ça. Il n'y avait qu'une pièce, d'environ six mètres sur huit, avec deux fenêtres donnant sur la IXe Avenue. Le contraste entre l'intérieur de l'appartement et l'immeuble miteux qui l'abritait était particulièrement frappant. La décrépitude s'arrêtait au seuil du studio de Furhmann.

Par terre, il y avait un tapis – véritable persan ou imitation convaincante. Du sol au plafond, les murs étaient couverts d'étagères encastrées. Un bureau qui devait bien faire trois mètres cinquante de large était installé devant les fenêtres. Même la peinture était originale. Là où les murs n'étaient pas cachés par les étagères, on voyait qu'ils avaient été peints couleur ivoire et rehaussés sur les bords de laque blanche.

Il vit ma surprise et ses yeux dansèrent derrière les verres épais de ses lunettes.

— Tout le monde réagit comme toi, me dit-il. C'est plutôt déprimant dans les escaliers, non ? Quand on entre dans mon ermitage, on a presque du mal à y croire.

La bouilloire siffla et il servit nos cafés.

— Je n'avais pas prévu ça, tu sais, continua-t-il. J'ai pris cet endroit il y a douze ans parce que le loyer était abordable et que je n'avais pas vraiment les moyens de m'offrir autre chose. Ça me coûtait quatorze dollars par semaine. Et je vais te dire... il y avait des semaines où je devais me battre pour réunir les quatorze dollars en question.

Il remua le café et me passa une tasse.

— Et puis j'ai commencé à gagner ma vie, mais même à ce moment-là, j'ai hésité à déménager. J'aime le coin. Il y a une vraie vie de quartier, ici. J'apprécie jusqu'au nom de l'endroit. Hell's Kitchen. La cuisine de l'enfer ! Quand on a l'intention de devenir écrivain, on peut difficilement imaginer mieux. A côté de ça, je ne voulais pas m'engager à payer un loyer élevé. A l'époque, j'avais des petits boulots de nègre et je me constituais un réseau de directeurs de magazine qui connaissaient mon travail. Malgré tout, je ne bossais pas régulièrement et je ne voulais pas me retrouver avec le même problème tous les mois. Alors, ce que j'ai fait, c'est que je me suis mis à retaper cet endroit, pour le rendre vivable. J'y ai mis le temps. J'ai commencé par installer un système d'alarme : je devenais dingue à l'idée que le premier junkie venu puisse enfoncer la porte et embarquer ma machine à écrire. Ensuite, j'ai mis les étagères parce que j'en avais assez de voir tous mes livres entassés dans des cartons. Puis le bureau. Après, je me suis débarrassé du lit d'origine, dans lequel George Washington avait dû dormir, et j'ai acheté ce lit surélevé, dans lequel on peut dormir à huit, maximum. Petit à petit, ça a commencé à prendre forme. J'aime assez le résultat. Je crois que je ne partirai jamais d'ici.

— On voit que tu y as mis beaucoup de toi, en tout cas.

— Et comment ! Il y a quelques années, j'ai commencé à m'inquiéter parce que je me disais qu'ils pouvaient facilement me virer. J'ai dépensé des masses de fric pour retaper cet endroit, et qu'est-ce que je fais s'ils m'augmentent mon loyer ? Je payais encore à la semaine, merde ! A l'époque, ça avait grimpé un peu, c'était peut-être passé à vingt dollars, mais imagine que ça passe à cent dollars par semaine, hein ? Comment prévoir ? Alors, je leur ai dit que je paierais cent vingt-cinq par mois et que, en plus de ça, je leur filerais cinq cents en liquide de la main à la main. En échange de quoi, je voulais un bail de trente ans.

— Et ils te l'ont donné ?

— Oui, dit-il en se marrant. Et pourtant, tu as déjà vu quelqu'un louer pour trente ans une piaule dans la IX\ :sup:`e` Avenue ? Ils ont pensé qu'ils avaient affaire à un imbécile. Ils ne louaient rien à plus de vingt dollars par semaine et je leur en offrais trente, avec du fric sous la table. Ils ont pondu un contrat de location et je l'ai signé. Tu sais ce qu'on paie aujourd'hui pour un studio de cette taille dans un quartier comme celui-ci ?

— Deux cent cinquante, trois cents ?

— Facile, oui. Moi, je ne paie toujours que cent vingt-cinq. Dans deux ou trois ans d'ici, cet endroit vaudra cinq cents par mois, peut-être mille si l'inflation continue de grimper. Et moi, je ne paierai toujours que cent vingt-cinq dollars. Il y a un type qui achète des immeubles tout le long de l'avenue. Un jour, ils vont commencer à tout démolir, comme un jeu de quilles. Mais ils seront obligés de me racheter mon bail ou d'attendre 1998 pour dégommer cette baraque, l'année où mon contrat expirera. Génial, non ?

— Une sacrée affaire, Doug.

— Le seul truc intelligent que j'aie fait dans ma vie,

Matt. Et je ne cherchais pas à gagner au change, à l'époque. C'est juste que je me sentais bien ici et que j'ai horreur de déménager.

Je bus une gorgée de mon café. Il n'était pas pire que celui que j'avais avalé au petit déjeuner.

— Comment Broadfield et toi êtes-vous devenus si bons amis ? lui demandai-je.

— Évidemment. Je me disais bien que c'était pour ça que tu étais venu. Il est dingue ou quoi ? Qu'est-ce qui lui a pris de la tuer ? Je n'arrive pas à comprendre. Il m'a toujours donné l'impression d'un type d'humeur égale. Les hommes de son gabarit ont intérêt à se tenir tranquilles, sinon ils font de sacrés dégâts. Un type comme moi pourrait péter les plombs sans que ça dérange personne : il me faudrait au moins un canon pour faire mal à quelqu'un. Mais Broadfield... il a dû piquer une crise et la tuer, hein ?

Je secouai la tête.

— Quelqu'un lui a cogné sur le crâne avant de lui enfoncer une lame dans le corps. On ne fait pas ça sur un coup de tête.

— A ta façon de parler, on dirait que tu ne crois pas que c'est lui...

— J'en suis même certain.

— Putain, j'espère bien que tu as raison !

Je le dévisageai. Son grand front et ses verres épais lui donnaient l'air d'un insecte extrêmement intelligent.

— Doug, comment vous êtes-vous rencontrés ?

— J'avais un article à écrire. Il fallait que j'aille voir les flics pour me documenter, c'est un de ceux que j'ai rencontrés. On s'est plutôt bien entendus.

— C'était quand ?

— Il doit y avoir quatre ou cinq ans. Pourquoi ?

— Et vous êtes restés amis ? C'est pour ça qu'il a décidé de s'adresser à toi quand il a eu des ennuis ?

— Je ne crois pas qu'il ait tant d'amis que ça, Matt. Et il ne pouvait pas se tourner vers ses amis flics. Une fois, il m'a expliqué que les flics n'ont généralement pas beaucoup d'amis en dehors de leur boulot.

C'était tout à fait vrai. Mais Broadfield ne semblait pas non plus s'être fait beaucoup de copains parmi ses collègues.

— Pourquoi est-il allé voir Prejanian, Doug ?

— Merde, ce n'est pas à moi qu'il faut le demander ! Va voir Broadfield !

— Mais tu connais la réponse, non ?

— Matt...

— Il veut écrire un bouquin. C'est ça, n'est-ce pas ? Il veut faire suffisamment de bruit pour devenir célèbre et il tient à ce que ce soit toi qui écrives le livre pour lui. Après, il pourra se pointer à tous les talk-shows de la télé, la bouche en cœur, et appeler beaucoup de gens importants par leur prénom. C'est ça, hein ? C'était le seul rôle que tu pouvais jouer dans cette histoire et c'est pour ça qu'il est allé trouver Abner Prejanian.

Fuhrmann n'osait pas me regarder.

— Il voulait que ça reste un secret, Matt.

— Bien sûr. Et après, comme par hasard, il aurait sorti un bouquin. A la demande générale.

— Peut-être bien que ç'aurait été de la dynamite. Pas seulement à cause du rôle qu'il a joué dans l'enquête. Écoute, il m'a raconté des histoires absolument incroyables. J'aurais bien aimé qu'il me laisse l'enregistrer, mais jusqu'ici il a tenu à ce que ça reste entre nous. Quand j'ai appris qu'il l'avait tuée, j'ai vu la chance de ma vie me passer sous le nez. Mais s'il est vraiment innocent...

— Comment lui est venue l'idée d'écrire un livre ?

Il hésita, puis haussa les épaules.

— Puisque tu sais déjà l'essentiel... Ce n'est pas sorcier, les bouquins écrits par des flics se vendent bien en ce moment, mais il n'a pas trouvé l'idée tout seul.

— Portia Carr.

— Exact.

— Elle le lui aurait suggéré ? Non, ce n'est pas possible...

– Elle avait l'intention d'écrire elle-même un livre.

Je posai ma tasse et m'approchai de la fenêtre.

– Quel genre ?

– Je ne sais pas. Quelque chose comme « La pute joyeuse », sans doute. Qu'est-ce que ça peut faire ?

– Hardesty.

– Hein ?

– Je parie que c'est pour ça qu'il est allé voir Hardesty.

Il me regarda, l'air perplexe.

– Knox Hardesty, lui expliquai-je. Le District Attorney. Broadfield s'est adressé à lui avant d'aller voir Prejanian et quand je lui ai demandé pourquoi, il m'a raconté n'importe quoi. Il était pourtant logique qu'il aille d'abord trouver Prejanian. La corruption de la police, c'est son rayon, et les histoires de Broadfield n'auraient pas eu le même retentissement avec un District Attorney fédéral comme Hardesty.

– Et alors ?

– Et alors Broadfield devait le savoir. S'il est allé voir Hardesty, c'est qu'il avait une bonne raison. C'est probablement Portia Carr qui lui a donné l'idée d'écrire un bouquin. Peut-être est-ce également elle qui lui a suggéré d'aller voir Hardesty.

– Qu'est-ce que Portia Carr a à voir avec Knox Hardesty ?

– Bonne question.

9

Les bureaux de Hardesty étaient situés au 26 Federal Plaza, avec les autres administrations du Département de la Justice de New York, à quelques rues des bureaux d'Abner Prejanian. Je me demandai si Broadfield était allé les voir tous les deux le même jour.

J'appelai d'abord, pour m'assurer que Hardesty n'était pas au tribunal ou en déplacement. Ce n'était effectivement pas le cas, mais je m'évitai un aller et retour pour rien : sa secrétaire m'apprit qu'il n'était pas venu travailler et qu'il était chez lui avec une grippe intestinale. Je lui demandai son adresse personnelle et son numéro de téléphone, mais elle n'était pas autorisée à me les donner.

La compagnie de téléphone n'avait pas ce genre de scrupules. Il était dans l'annuaire. Hardesty Knox, 114, East End Avenue. Je composai son numéro et tombai sur lui. Apparemment, la grippe intestinale n'était qu'une appellation pudique de la gueule de bois. Je me présentai et lui dis que je voulais le voir. Il me répondit qu'il ne se sentait pas bien et commença à se défiler. J'abattis la seule carte que je pouvais décemment jouer, à savoir le nom de Portia Carr.

Je ne sais pas très bien à quelle réaction je m'attendais, mais en tout cas pas à celle que j'obtins.

– Pauvre Portia. C'est tragique, ce qui lui est arrivé, n'est-ce pas ? Vous étiez de ses amis, Scudder ? Je serais heureux de vous rencontrer. Vous ne seriez pas libre immédiatement, par hasard… Si ? Bien. Très bien. Vous connaissez mon adresse ?

Je compris toute l'histoire dans le taxi, en allant chez lui. J'avais fini par imaginer que Hardesty avait été un des clients de Portia et je me le représentais sautillant en tutu tandis qu'elle lui assénait des coups de fouet. Mais les hommes qui occupent ce genre de poste, et qui ont des ambitions politiques, ne répondent généralement pas de bon cœur aux inconnus venus les interroger sur leurs pratiques sexuelles peu orthodoxes. Je m'attendais à ce qu'il démente catégoriquement avoir jamais connu personnellement Portia Carr, ou du moins à un quelconque faux-fuyant. Au lieu de quoi j'eus droit à un accueil des plus chaleureux.

Je m'étais donc trompé quelque part. La liste des clients importants de Portia Carr n'incluait pas Knox Hardesty. Ils avaient eu des relations de travail, sans aucun doute, mais en rapport avec sa profession à lui, pas à elle.

Du coup, toute l'histoire tenait enfin debout. Cela collait parfaitement avec les aspirations littéraires de Portia et les ambitions de Broadfield en la matière.

Hardesty habitait un immeuble en pierre de quatorze étages datant d'avant guerre. Le hall d'entrée art déco était très haut de plafond, avec beaucoup de marbre noir. Le portier avait les cheveux auburn et une moustache de soldat. Il vérifia que j'étais attendu et me remit entre les mains du liftier, un Noir minuscule, à peine assez grand pour atteindre le bouton d'en haut. Et il était bien obligé d'appuyer dessus, car Hardesty habitait au dernier étage.

L'appartement était impressionnant : hauts plafonds, tapis de prix, cheminées, antiquités orientales. Une domestique jamaïcaine me conduisit dans le bureau où Hardesty m'attendait. Il se leva et fit le tour de sa table de travail, la main tendue. Je la serrai et il me fit signe de m'asseoir.

– Un verre de quelque chose ? Une tasse de café ? Moi, je bois du lait, à cause de cette saloperie d'ulcère. J'ai ramassé une petite grippe intestinale et ça n'améliore pas les choses. Qu'est-ce que vous prendrez, Scudder ?

– Un café, si ça ne vous dérange pas. Noir.

Hardesty répéta mes paroles à la domestique, comme si elle était censée ne pas avoir suivi notre conversation. Elle revint presque immédiatement avec un plateau en verre et une cafetière en argent, une tasse et une soucoupe en porcelaine couleur ivoire, un pot à lait, un sucrier en argent et une cuillère. Je me servis.

– Ainsi vous connaissiez Portia... dit-il.

Il but un peu de lait et reposa le verre. Hardesty était grand, mince et portait beau avec ses tempes grisonnantes et son bronzage d'été qui n'avait pas encore entièrement disparu. Je n'avais eu aucun mal à imaginer le couple étonnant que Broadfield et Portia avaient dû former. Elle aurait également eu fière allure au bras de Hardesty.

– Je ne la connaissais pas si bien que ça, lui répondis-je. Mais je la connaissais, oui.

– Je vois. Je ne crois pas vous avoir demandé votre profession, Scudder...

– Je suis détective privé.

– Oh, très intéressant. Très intéressant. A propos, le café vous convient ?

– Je n'en ai jamais goûté de meilleur.

Il se permit de sourire.

– Ma femme est une vraie connaisseuse. Moi, je n'ai jamais adoré ça et, à cause de mon ulcère, je bois surtout du lait. Je pourrais vous dire la marque, si cela vous intéresse.

– J'habite à l'hôtel, monsieur Hardesty. Quand j'ai envie d'un café, je descends en boire un au bar du coin. Merci quand même.

– Eh bien, vous pouvez toujours débarquer ici, si jamais

vous avez envie d'en boire un bon, dit-il en me gratifiant d'un sourire généreux.

Knox Hardesty ne vivait certainement pas sur son seul salaire d'Attorney pour le district sud de New York. Cela n'aurait pas suffi à payer son loyer. Mais cela ne signifiait pas pour autant qu'il se baladait la main tendue. Grand-Père Hardesty avait été propriétaire de Hardesty Iron & Steel, avant qu'U.S. Steel ne le rachète, et Grand-Père Knox était le descendant d'une longue lignée d'armateurs de la Nouvelle-Angleterre. Knox Hardesty pouvait jeter l'argent par les fenêtres sans pour autant s'inquiéter de savoir avec quoi il paierait son prochain verre de lait.

– Vous êtes détective privé et vous connaissiez Portia, reprit-il. Vous pourriez m'être très utile, monsieur Scudder...

– J'espérais que ça marcherait dans l'autre sens.

– Pardon ?

Il se raidit, son visage se transforma, et il eut soudain l'air de quelqu'un qui vient de reconnaître une odeur particulièrement désagréable. Il avait sans doute pris mes paroles pour le boniment d'un maître chanteur.

– J'ai déjà un client, dis-je. Je suis venu vous voir pour découvrir quelque chose, pas pour vous faire des révélations. Ni les vendre, d'ailleurs. Je ne suis pas un maître chanteur. Je m'en voudrais de vous donner cette impression, cher monsieur.

– Vous avez un client ? répéta-t-il.

J'opinai. J'étais content qu'il se soit trompé sur mon compte, même si je ne l'avais pas fait exprès. Si j'étais un maître chanteur, il ne voulait rien avoir à faire avec moi. Ce genre de réaction signifie généralement que la personne en face n'a aucune raison de craindre qu'on la fasse chanter. Quelle qu'ait pu être sa relation avec Portia, il n'aurait aucun mal à la faire oublier.

– Je travaille pour Jerome Broadfield.

– L'homme qui l'a tuée.

– C'est ce que pense la police, monsieur Hardesty. Et c'est bien normal, n'est-ce pas ?

– Évidemment. Mais j'avais cru comprendre qu'il avait quasiment été pris en flagrant délit. Ce n'est pas le cas ?

– Non.

– Intéressant. Et vous aimeriez savoir…

– J'aimerais savoir qui a tué Mlle Carr et monté le coup pour faire accuser mon client.

Il hocha la tête.

– Je ne vois pas comment je peux vous aider, monsieur Scudder.

J'étais monté en grade. De Scudder, j'étais passé à monsieur Scudder.

– Comment se fait-il que vous connaissiez Portia Carr ? lui demandai-je.

– Dans le genre de travail que je fais, il faut connaître toutes sortes de gens. Mes contacts les plus fructueux ne sont pas nécessairement les personnes avec lesquelles je choisirais de passer mon temps libre, voyez-vous. Je suis certain que vous avez vous-même fait ce genre d'expérience. Je me trompe ? Toutes les enquêtes se ressemblent plus ou moins, à mon sens.

Il sourit de bonne grâce. J'étais censé être flatté de ce qu'il évoquât les ressemblances entre nos professions.

– J'ai entendu parler de Mlle Carr avant de la rencontrer, enchaîna-t-il. Les meilleures prostituées peuvent nous être très utiles. J'ai appris que les tarifs de Mlle Carr étaient particulièrement élevés et que la plupart de ses clients étaient avant tout intéressés par, disons… des relations sexuelles peu orthodoxes.

– J'ai cru comprendre qu'elle s'était spécialisée dans les masochistes…

– Absolument, dit-il en faisant la grimace.

Il aurait préféré que je sois moins précis.

– Elle était anglaise, vous savez, reprit-il. Et on appelle ça le « vice des Anglais ». Les masochistes américains trouvent les maîtresses anglaises particulièrement désirables.

C'est du moins ce que Mlle Carr m'a expliqué. Savez-vous que les prostituées américaines imitent parfois l'accent anglais ou allemand pour plaire à leurs clients maso-chistes ? Mlle Carr m'a assuré qu'il s'agissait d'une pratique courante. En particulier l'accent allemand pour des clients juifs, ce que je trouve fascinant. L'accent absolument authentique de Mlle Carr a fait que je me suis particulièrement intéressé à elle. Elle était vulnérable, vous comprenez.

– Parce qu'elle pouvait être expulsée.

Il hocha la tête.

– Nous avons d'assez bons rapports avec les gens des services de l'Immigration et de la Naturalisation. Non pas qu'il faille souvent mettre une menace à exécution. La traditionnelle fidélité muette des prostituées envers leur clientèle est une invraisemblance romanesque, au même titre que leur cœur d'or. La moindre menace d'expulsion et vous obtenez immédiatement la plus totale coopération.

– C'était également le cas avec Portia Carr ?

– Absolument. Elle s'est même montrée particulière-ment enthousiaste. Je crois qu'elle se plaisait à jouer ce rôle de Mata Hari, à obtenir des informations sur l'oreiller pour me les transmettre ensuite. Elle ne m'a rien appris de très extraordinaire, mais elle aurait pu devenir une excellente informatrice pour mes futures enquêtes.

– Un domaine en particulier ?

Il eut un rien d'hésitation.

– Rien de spécial, non… Simple constatation.

Je bus encore un peu de café. A défaut d'autre chose, Hardesty me permettait d'en savoir plus sur mon client. Puisque Broadfield jouait les saintes-nitouches, j'étais bien obligé de me renseigner de manière indirecte. Hardesty ne savait pas que Broadfield n'avait pas joué franc jeu avec moi. Il n'avait donc aucune raison de me cacher ce que j'aurais aussi bien pu apprendre de Broadfield.

– Alors, comme ça, elle a collaboré avec enthousiasme, lui dis-je.

– Oh, mais certainement. (Il sourit en y repensant.)
Elle était tout à fait charmante, vous savez. Et elle avait
envie d'écrire un livre sur sa vie de prostituée et sur le
travail qu'elle faisait pour moi. Je crois qu'elle s'est inspirée
de cette Hollandaise. Mais je ne suis pas sûr qu'elle aurait
fini par écrire ce livre. Qu'en pensez-vous ?

– Je ne sais pas. Ça ne risque plus, maintenant.

– Évidemment.

– Mais peut-être que Jerry Broadfield le fera, lui. A-t-il
été vraiment déçu quand vous lui avez dit que vous ne
vous intéressiez pas à la corruption dans la police ?

– Je ne crois pas l'avoir formulé de cette manière, dit-il
en fronçant tout à coup les sourcils. C'est pour cela qu'il
est venu me voir ? Bon sang ! Il voulait écrire un livre ?

Il hocha la tête, incrédule.

– Je ne comprendrai jamais les gens, dit-il. Je savais
bien que son autosatisfaction n'était qu'une pose, et c'est
ce qui m'a décidé à ne rien entreprendre avec lui, bien
plus que la nature des informations qu'il venait m'offrir.
Je n'arrivais pas à lui faire confiance, tout simplement, et
je me suis dit que mes enquêtes en pâtiraient plutôt
qu'autre chose. C'est pour ça qu'après, il a fait un saut
chez ce bon vieux procureur spécial.

« Ce bon vieux procureur spécial… » Il n'était pas difficile de deviner ce que Knox Hardesty pensait d'Abner
L. Prejanian.

– Cela vous a-t-il dérangé qu'il aille voir Prejanian ?
demandai-je.

– Pourquoi est-ce que cela me dérangerait, mon Dieu ?

Je haussai les épaules.

– Prejanian commençait à faire parler de lui. Les journaux lui ont donné le beau rôle.

– Je lui souhaite de réussir, s'il tient à ce qu'on parle
de lui. Cela dit, cette histoire semble s'être retournée
contre lui.

– Ça doit vous faire plaisir.

— Cela confirme ce que je pensais. Mais, à part ça, pourquoi est-ce que ça devrait me faire plaisir ?

— Eh bien, vous êtes rivaux, vous et Prejanian, non ?

— Oh, ce n'est pas comme ça que je vois les choses.

— Ah. Je me disais pourtant que c'était pour ça que vous l'aviez poussée à accuser Broadfield d'extorsion de fonds.

— Quoi ?

— Pour quelle autre raison, sinon ?

Je m'exprimai sur un ton volontairement dégagé, sans l'accuser, comme s'il s'agissait pour nous deux d'une évidence.

— Si elle portait plainte contre lui, continuai-je, Broadfield se retrouvait hors jeu et Prejanian passait pour quelqu'un de bien crédule pour avoir accepté ses offres de services.

A sa place, son grand-père ou son arrière-grand-père auraient peut-être perdu leur sang-froid. Mais Hardesty avait suffisamment de générations bien éduquées derrière lui pour rester à peu près maître de lui-même. Il se redressa sur son siège, mais ça n'alla pas plus loin.

— Vous avez été mal informé, me dit-il.

— Ce n'est pas Portia qui a eu l'idée de porter plainte ?

— Ni moi non plus.

— Alors, pourquoi vous a-t-elle téléphoné vers midi, avant-hier ? Elle vous a demandé conseil et vous lui avez suggéré d'agir comme si la plainte était fondée. Pourquoi vous a-t-elle appelé ? Et pourquoi lui avez-vous demandé de se comporter de cette manière ?

Aucune indignation, cette fois. Juste quelques secondes gagnées à prendre le verre de lait, le reposer sans avoir bu, et tripoter un presse-papiers. Puis il leva les yeux vers moi.

— Comment savez-vous qu'elle m'a appelé ?

— J'y étais.

— Vous étiez...

Il écarquilla les yeux.

— L'homme qui voulait lui parler, c'était vous, reprit-il.

Mais je croyais… Alors c'est que vous travailliez pour Broadfield avant le meurtre.

– Oui.

– Bon sang ! Je pensais qu'il vous avait embauché après avoir été arrêté pour homicide. Alors c'était vous, l'homme qui la rendait si nerveuse ? Mais je lui ai parlé avant qu'elle vous rencontre. Elle ne connaissait même pas votre nom à ce moment-là. Comment saviez-vous… Elle n'a pas pu vous le dire, c'est la dernière chose qu'elle aurait faite… Oh, bon sang ! Tout ça n'était qu'un coup de bluff, n'est-ce pas ?

– Disons : une supposition éclairée.

– Autant dire un bluff. Je ne crois pas que j'aimerais jouer au poker avec vous, monsieur Scudder. Oui, elle m'a téléphoné. Je peux bien vous l'avouer puisque c'est l'évidence même. Et je lui ai dit de soutenir que la plainte était fondée, quand bien même je savais qu'elle ne l'était pas. Mais ce n'est pas moi qui l'ai poussée à engager des poursuites.

– Qui, alors ?

– Des policiers. Je ne connais pas leurs noms et, à mon avis, Mlle Carr ne les connaissait pas non plus. C'est en tout cas ce qu'elle m'a dit et je crois qu'elle était sincère. Vous comprenez, dans le fond, elle ne voulait pas porter plainte. Si j'avais pu, je l'aurais tirée de ce mauvais pas ; ensuite elle se serait débrouillée toute seule.

Il sourit.

– Vous pensez peut-être que j'avais des raisons de vouloir entraver l'enquête de M. Prejanian. Le spectacle de cet homme qui n'a plus l'air si malin que ça ne m'attriste pas spécialement, mais je n'aurais jamais pris la peine de le fourrer moi-même dans ce pétrin. Certains policiers avaient de bien meilleures raisons de saboter cette enquête.

– Avec quoi tenaient-ils Portia ?

– Je ne sais pas. Évidemment, les prostituées sont toujours vulnérables, mais…

– Oui ?

– Oh, ce n'est qu'une supposition de ma part. J'ai l'impression qu'ils ne la menaçaient pas d'un quelconque article de loi, mais d'une punition plus brutale. Je crois qu'elle avait peur d'être agressée. Physiquement, s'entend.

Je hochai la tête. Cela collait avec les vibrations que j'avais ressenties lors de ma rencontre avec Portia Carr. Elle ne s'était pas comportée comme une jeune femme qui craint d'être expulsée ou arrêtée, mais plutôt comme quelqu'un qui a peur d'être tabassé ou tué. Et qui s'inquiétait de ce que nous étions en octobre et de ce que l'hiver approchait.

10

Elaine habitait à trois pâtés de maisons de l'endroit où Portia Carr avait vécu. Son immeuble était situé dans la 51ᵉ Rue, entre la Iʳᵉ et la IIᵉ Avenue. Le concierge me demanda mon nom par l'interphone et me fit signe d'entrer. Lorsque l'ascenseur s'arrêta au neuvième étage, Elaine m'attendait déjà sur le pas de sa porte.

Je me dis qu'elle était beaucoup plus jolie que la secrétaire de Prejanian. Elle devait avoir à peu près trente ans. Elle avait toujours fait plus jeune que son âge et les jolis traits de son visage vieilliraient bien. Sa douceur offrait un contraste frappant avec le décor moderne et austère de son appartement — moquette blanche, meubles anguleux, formes géométriques et couleurs primaires. D'habitude, je n'aime pas trop ce genre d'endroit mais, sans que je sache exactement pourquoi, celui-là me plaisait assez. Un jour, Elaine m'avait raconté qu'elle avait décoré son appartement elle-même.

Nous nous embrassâmes comme les vieux amis que nous étions. Puis elle me prit par les coudes et recula d'un pas.

— Agent secret Mardell au rapport, dit-elle. Ne vous fiez pas aux apparences, mon vieux. Mon appareil photo n'en est pas vraiment un. En réalité, c'est une épingle de cravate.

— Je crois que c'est l'inverse.

– J'espère bien.

Elle tourna les talons et s'éloigna rapidement.

– En fait, enchaîna-t-elle, je n'ai pas trouvé grand-chose. Tu veux savoir quels sont les gens importants qu'elle connaissait, c'est ça ?

– Oui, surtout les politiciens en vue.

– C'est ce que je voulais dire. Tous les gens auxquels j'ai parlé finissaient toujours par me sortir les mêmes trois ou quatre noms. Sauf que c'étaient des acteurs ou des musiciens. Ah, je te jure, certaines call-girls ne valent pas mieux que des groupies. Aussi vantardes que n'importe quel zozo qui se fait baiser par une célébrité.

– Tu es la deuxième personne aujourd'hui à me dire que les call-girls ne tiennent pas toujours leur langue.

– Tu parles ! La pute de base n'est pas du genre spécialement équilibrée, Matt. Heureusement que moi, j'ai été élue Miss Tête-sur-les-épaules.

– Ça ne m'étonne pas.

– Si elle n'a pas été répéter le nom des politiciens qui la fréquentaient, c'est peut-être qu'elle n'était pas spécialement fière de ceux qu'elle connaissait. Si elle avait baisé le gouverneur ou bien un sénateur, on en aurait entendu parler, mais si c'est un gus tout en bas de l'échelle, qu'est-ce qu'on en a à battre ? Qu'est-ce qu'il y a ?

– Les politiciens seraient sans doute bien tristes d'apprendre qu'ils ne sont pas si importants que ça.

– Ça les ferait franchement chier, tu crois pas ?

Elle alluma une cigarette.

– Ce sur quoi tu devrais mettre la main, reprit-elle, c'est son calepin, avec les adresses de ses michetons. Même si Portia avait eu l'intelligence de le coder, tu aurais au moins les numéros de téléphone et tu pourrais essayer de savoir à qui ils appartiennent.

– Il est codé, le tien ?

– Oui. Les noms aussi bien que les numéros de téléphone, mon lapin. (Elle sourit triomphalement.) Celui qui me volera mon carnet d'adresses n'aura rien gagné, comme dans l'histoire du mouchoir d'Othello. Mais ça, c'est parce que je suis aussi Miss Fute-fute. Tu pourrais mettre la main sur le carnet de Portia ?

Je secouai la tête.

– Je suis sûr que les flics ont déjà fouillé son appart de fond en comble. Si elle avait un carnet, ils ont dû le trouver. Et le balancer dans la rivière. Ils ne vont pas laisser traîner quoi que ce soit qui puisse donner à l'avocat de Broadfield la moindre ouverture. Ils veulent le voir pieds et poings liés, et la seule raison qu'ils auraient de laisser traîner son calepin, c'est que le nom de Broadfield soit le seul écrit dessus.

– A ton avis, qui l'a tuée, Matt ? Des flics ?

– C'est ce que tout le monde pense. Peut-être que ça fait trop longtemps que j'ai quitté la police. J'ai du mal à croire que des officiers de police iraient jusqu'à assassiner une pute innocente dans le seul but de faire accuser quelqu'un d'autre.

Elle ouvrit la bouche, puis la referma.

– Qu'est-ce qu'il y a ? lui demandai-je.

– Eh ben… peut-être bien que ça fait un bail que t'as quitté la police.

Elle parut vouloir dire autre chose, mais elle secoua la tête comme pour en chasser l'idée.

– Je crois que je vais me faire une tasse de thé, dit-elle enfin. Je suis nulle comme maîtresse de maison. Tu veux boire quelque chose ? Je n'ai plus de bourbon, mais il y a du scotch.

Il était plus que temps.

– J'en veux bien un petit. Sec.

– C'est parti.

Pendant qu'elle était dans la cuisine, je réfléchis aux relations entre flics et prostituées. A celle que j'avais avec Elaine, entre autres. Je l'avais connue deux ans avant de démissionner. Notre première rencontre avait été plutôt mondaine qu'autre chose, bien que je ne me souvienne plus très bien des circonstances. Je crois qu'un ami commun nous avait présentés, dans un restaurant ou autre, mais peut-être était-ce au cours d'une soirée. Je ne me rappelle plus.

C'est utile, pour une prostituée, de connaître un flic avec qui elle a de bonnes relations. Il peut aider à calmer le jeu si jamais un collègue lui fait des histoires. Ou lui fournir quelques conseils juridiques adaptés à la réalité, plus utiles que ceux qu'elle obtiendrait d'un avocat. Et elle le lui rend bien, évidemment, comme seule une femme peut remercier un homme pour les services qu'il lui rend.

Ainsi, pendant deux ans, avais-je fait partie des clients qui ne paient pas, et j'étais la personne qu'elle appelait quand les murs se refermaient sur elle. Jamais nous n'avions abusé l'un de l'autre. J'allais la voir de temps en temps, quand j'étais dans les parages, et elle m'avait appelé en tout et pour tout une demi-douzaine de fois.

Puis j'avais quitté la police et, pendant une période de plusieurs mois, je n'avais plus éprouvé le moindre intérêt pour les rapports humains – encore moins pour les rapports sexuels. Cependant, un jour, les choses avaient changé. Je lui avais téléphoné et j'étais allé la voir. Elle n'avait jamais mentionné le fait que je n'étais plus flic et que, du coup, nos relations allaient devoir changer. Si elle l'avait fait, je n'aurais sans doute pas voulu la revoir. Au moment de partir, j'avais déposé de l'argent sur la table basse. Elle m'avait dit qu'elle espérait me revoir bientôt et effectivement, de temps en temps, j'étais retourné chez elle.

J'imagine qu'on aurait pu dire de notre relation qu'elle constituait une certaine forme de corruption de la police. Je ne m'étais pas comporté comme son protecteur et je n'étais pas non plus censé l'arrêter. Mais j'étais allé la voir pendant mon service et c'était bien mon statut de fonctionnaire qui m'avait donné le droit de partager son lit. Oui, on aurait pu parler de corruption.

Elle m'apporta un verre à jus de fruit rempli d'une dose

généreuse de scotch et s'assit sur le canapé avec une tasse de thé au lait. Elle replia les jambes sous son petit derrière et remua son thé avec une cuillère à café.

— Beau temps, dit-elle.

— Mm-mm.

— J'aimerais bien habiter plus près du parc. Je fais des grandes balades tous les matins. Quand il fait ce temps-là, j'aimerais pouvoir me promener dans le parc.

— Tu te promènes tous les matins ?

— Oui. Ça fait du bien. Pourquoi ?

— Je pensais que tu dormais jusqu'à midi.

— Oh non. Je suis une lève-tôt. Mes premiers visiteurs arrivent vers midi. Et je peux me coucher tôt. J'ai rarement du monde passé dix heures du soir.

— C'est drôle. On imagine toujours que c'est un boulot de noctambule.

— Sauf que ça n'est pas vrai. Il faut bien que les bons-hommes rentrent chez eux retrouver leur famille. Je dirais que je reçois quatre-vingt-dix pour cent de mes visiteurs entre midi et six heures et demie.

— Ça se comprend.

— J'ai quelqu'un qui doit venir dans un moment, mais on a encore du temps, si ça te dit, Matt.

— Pour ça, je reviendrai une autre fois.

— Chouette.

Je bus quelques gorgées.

— Pour en revenir à Portia Carr, dis-je, tu n'as trouvé personne de haut placé ?

— Euh… si. Enfin je crois.

Mon visage dut changer d'expression car elle s'empressa d'ajouter :

— Je ne te baratine pas, je te promets. On m'a donné un nom, mais je ne suis pas sûre d'avoir bien compris et je ne sais pas qui c'est.

— Dis toujours.

— Quelque chose comme Mantz ou Manch ou Manns. Il a quelque chose à voir avec le maire, mais quoi, je n'en sais rien. C'est tout ce que j'ai pu obtenir. Ne me demande pas son prénom, personne ne le connaît. Ça te dit quelque chose ? Manns ou Mantz ou Manch ? Un truc comme ça ?

— Non, ça ne me rappelle rien. Il connaît le maire ?

— A ce qu'on m'a dit, oui. Je sais ce qu'il aime faire, si ça peut t'être utile. C'est un esclave scato.

— Qu'est-ce que c'est que ça, un « esclave scato » ?

— J'aurais préféré que tu le saches parce que ça ne m'excite pas particulièrement de te l'expliquer. (Elle posa sa tasse.) Un esclave scato peut avoir toutes sortes de fantasmes ; par exemple, il veut qu'on lui ordonne de boire de la pisse ou de manger de la merde ou de t'essuyer le cul avec sa langue, ou encore de nettoyer les WC, entre autres. Tu peux te retrouver à lui demander des trucs franchement dégueulasses ou bien ça peut être dans le genre symbolique, comme de lui faire laver par terre, dans les toilettes.

— Pourquoi est-ce que quelqu'un… non, laisse tomber.

— Ce monde devient de plus en plus bizarre, Matt.

— Mm-mm.

— On dirait que plus personne ne baise. Tu peux te faire des tonnes de fric avec des masos. Ils sont prêts à payer une fortune si tu peux satisfaire leurs fantasmes. Mais je ne crois pas que ça en vaille la peine. Je préfère éviter ce genre de bizarreries.

— Ce que tu peux être vieux jeu, Elaine.

— Oui, c'est tout à fait moi. Crinolines, sachets de lavande et le reste. Je te ressers ?

— Une goutte. Manns ou Manch, alors ? dis-je lorsqu'elle me rapporta mon verre. Je vais voir si ça mène quelque part. Je crois que nous sommes dans l'impasse de toute façon. Je sens que je vais m'intéresser davantage aux flics.

— A cause de ce que j'ai dit ?

— Oui, et aussi à cause de ce que d'autres gens m'ont

rapporté. Est-ce qu'elle avait quelqu'un qui la protégeait dans la police ?

— Tu veux dire : comme toi tu le faisais pour moi ? Bien sûr que oui, mais à quoi ça t'avancerait de le savoir ? C'était ton copain.

— Broadfield ?

— Bien sûr. Cette histoire d'extorsion, c'était du baratin, mais je ne t'apprends rien.

Je hochai la tête.

— Elle avait quelqu'un d'autre ?

— Peut-être, mais je n'en ai jamais entendu parler. Ni maquereau, ni petit copain. A moins de prendre Broadfield pour un julot.

— Elle a connu d'autres flics dans sa vie ? Des flics qui lui auraient fait des emmerdes, par exemple ?

— Pas que je sache.

Je bus une gorgée de scotch.

— Ce que je vais dire n'a pas grand-chose à voir, Elaine, mais est-ce qu'il t'arrive de te faire emmerder par des flics ?

— Qu'est-ce que tu veux savoir ? Si j'ai des problèmes en ce moment ou bien si j'en ai déjà eu ? Ça m'est déjà arrivé, oui. Mais j'ai fini par comprendre. Si tu as quelqu'un de régulier, les autres te laissent tranquille.

— Je vois.

— Et si l'un d'eux vient m'emmerder, je n'ai qu'à mentionner quelques noms ou passer un coup de fil et ça se tasse. Tu sais ce qui est le pire ? C'est pas les flics, mais les types qui se font passer pour des flics.

— Qui se pointent en uniforme ? C'est un crime puni par la loi, tu sais.

— Merde, Matt, qu'est-ce que tu veux ? Que je porte plainte ? J'ai eu des bonshommes qui me montraient leur insigne et qui me faisaient leur numéro. Si tu prends une petite jeune qui débarque de sa cambrousse, dès qu'elle aperçoit le petit bouclier argenté elle ferme sa gueule tellement elle balise. Mais moi, je suis super cool. Je regarde l'insigne de près et, généralement, j'y reconnais le genre de jouet qu'on donne aux gamins pour aller avec leur pistolet à bouchon. Te marre pas, c'est la vérité. Ça m'est arrivé.

— Et qu'est-ce qu'ils veulent ? De l'argent ?

— Oh, une fois que je les ai repérés, ils font comme si c'était une blague. Mais avant, c'est du sérieux. Des fois, on m'a demandé de l'argent, mais ce qu'ils veulent, généralement, c'est baiser gratis.

— Et pour ça, ils sont prêts à te sortir un jouet ?

— J'en ai vu, tu jurerais qu'ils les ont trouvés dans des paquets de céréales !

— Les hommes sont de drôles d'animaux.

— Oh, les femmes sont pareilles, mon lapin. Je vais te dire une chose : tout le monde est bizarre. Dans le fond, tout le monde est complètement flippé. Des fois c'est un truc sexuel et des fois c'est un autre genre de bizarrerie, mais d'une façon ou d'une autre tout le monde est cinglé. Toi, moi et tous les autres.

Il ne me fut pas particulièrement difficile de découvrir que Leon J. Manch avait été nommé adjoint au maire un an et demi plus tôt. Je n'eus qu'à faire une brève étape à la bibliothèque de la 42ᵉ Rue. Dans le gros index du *Times*, je trouvai beaucoup de Manns et de Mantz, mais aucun d'eux ne semblait avoir de lien quelconque avec l'administration actuelle. Manch n'avait été mentionné qu'une fois au cours des cinq dernières années. L'article ayant trait à sa nomination, je pris la peine de le lire, dans la salle des microfilms. Ce n'était qu'un entrefilet, et Manch y était cité au milieu d'une demi-douzaine d'autres personnes. On apprenait simplement qu'il venait d'être nommé et qu'il était membre du Barreau. Je n'appris absolument rien sur son âge, son lieu de résidence, sa situation de famille ou quoi que ce soit d'autre. L'article ne mentionnait pas que c'était un esclave scato, mais je le savais déjà.

Je ne le trouvai pas dans l'annuaire de Manhattan. Il habitait peut-être dans un autre quartier de la ville, ou bien en banlieue. Il était peut-être sur liste rouge, ou bien la ligne était au nom de sa femme. J'appelai la mairie et appris qu'il s'était absenté pour la journée. Je n'essayai même pas de demander son numéro personnel.

Je téléphonai d'un bar au coin de Madison Avenue et de la 51ᵉ Rue, l'O'Brien. Le barman s'appelait Nick et je l'avais connu quand il travaillait à l'Armstrong's, un an plus tôt. Nous tombâmes d'accord sur le fait que le monde était bien petit, nous payâmes à tour de rôle des coups à boire, puis je me dirigeai vers la cabine, au fond de la salle. Je dus d'abord vérifier le numéro dans mon calepin.

– C'est Matthew, dis-je lorsqu'elle eut décroché. Vous pouvez parler ?

– Bonjour. Oui, je peux parler. Ma sœur et ses enfants sont passés ce matin pour emmener les miens chez eux, à Bayport. Ils vont y rester... quelque temps. Elle pense que ça vaut mieux pour eux et que ça me facilitera les choses. Je n'avais pas vraiment envie qu'elle les emmène, mais je n'avais pas la force de discuter, et peut-être qu'après tout c'est elle qui a raison.

– Vous avez l'air inquiète.

– Non, pas inquiète. Je suis épuisée. C'est tout. Et vous, ça va ?

– Très bien.

– J'aimerais vous avoir près de moi.

– Moi aussi, j'aimerais être près de vous.

– Oh, j'aimerais tellement savoir ce que je pense vraiment de toute cette histoire. Mais ça me fait peur. Vous comprenez ce que je veux dire ?

– Oui.

— Son avocat a appelé, il y a un moment. Vous lui avez parlé ?

— Non. Il a essayé de me joindre ?

— Il n'avait pas du tout l'air de s'intéresser à vous, à dire vrai. Il semblait sûr de gagner devant le tribunal et lorsque je lui ai dit que vous vouliez retrouver le meurtrier, il a semblé… comment dire ? J'ai eu l'impression qu'il croyait que Jerry était coupable. Il a l'intention de le faire acquitter, mais il ne croit pas une seconde qu'il est vraiment innocent.

— Beaucoup d'avocats sont comme ça, Diana.

— C'est comme si un chirurgien décidait qu'il était de son devoir d'enlever un appendice, enflammé ou pas.

— Je ne suis pas certain que ce soit exactement la même chose, mais je crois savoir ce que vous voulez dire. Je me demande si j'ai intérêt à entrer en contact avec cet avocat.

— Je ne sais pas. Ce que j'avais commencé à dire, c'est que… Oh, c'est idiot, je n'y arrive pas. Matthew ? J'ai été déçue quand j'ai décroché le téléphone et que c'était l'avocat. Parce que j'espérais… que ce serait vous. (Silence.) Matthew ?

— Je suis là.

— Je n'aurais peut-être pas dû vous le dire ?

— Ne soyez pas bête.

Je repris mon souffle. Dans la cabine, la chaleur était tout à coup devenue insupportable. J'entrouvris la porte.

— J'avais déjà envie de vous appeler tout à l'heure, repris-je. Je ne sais pas pourquoi je le fais maintenant. Je ne peux pas dire que j'aie beaucoup avancé.

— Je suis heureuse que vous l'ayez fait, en tout cas. Vous arrivez à quelque chose ?

— Peut-être. Avez-vous parlé ensemble d'un projet de livre ?

— Que j'écrive un livre, moi ? Je ne saurais pas par où commencer. Autrefois, j'écrivais des poèmes. Pas très bons, j'en ai peur.

— Je me suis mal exprimé. Je voulais dire... a-t-il évoqué le fait qu'il puisse écrire un livre ?

— Jerry ? Il n'en lit déjà pas, alors en écrire un... Pourquoi ?

— Je vous le dirai quand nous nous verrons. J'ai appris certaines choses. La question est de savoir si elles finiront par former un tout cohérent. Ce n'est pas lui, en tout cas. Je sais au moins ça.

— Vous avez l'air plus catégorique qu'hier.

— Oui. (Silence.) Je n'ai pas arrêté de penser à vous.

— C'est bien. Je crois que c'est une bonne chose. Et qu'est-ce que vous pensiez ?

— Des choses bizarres.

— Agréables ou désagréables ?

— Oh, agréables, je crois.

— Moi aussi, j'ai réfléchi.

— Et... ?

— Oh, Matthew. Nous devrions nous abstenir de penser, au moins jusqu'à ce que cette histoire soit terminée. Vous comprenez ?

— Oui.

— Vous arrivez toujours à me comprendre, on dirait. Je n'ai pas l'habitude.

— Diana, je voudrais vous voir. Mais je ne veux pas venir chez vous.

— Non, ce ne serait pas une bonne idée. Vous voulez que je vienne à New York ?

— Vous pourriez ?

— Eh bien, les enfants sont chez Ruth, ma sœur. J'y ai pensé quand elle m'a dit qu'elle les prendrait chez elle. Que ça me permettrait de sortir de cette maison, je veux dire, que ça nous permettrait de nous voir. Matthew, pourquoi est-ce si difficile de dire les choses ? Ce soir, c'est impossible, j'en ai peur. J'ai promis à ma voisine d'aller au théâtre avec elle et son mari. J'ai failli refuser parce que je pensais que vous risquiez d'appeler, et puis je me suis dit peut-être que non, et alors... Oh, voilà que je bavasse encore.

– Ça ne me dérange pas du tout.

– Vous m'avez déjà dit ça hier, mais vous vous lasserez vite, vous verrez. Je n'ai pas l'air aussi bête, d'habitude, je vous le promets. Je suis même assez capable, dans mon genre. Je pourrais venir à New York demain soir, si vous voulez.

– J'aimerais beaucoup, oui.

– Moi aussi.

– Je vous appelle demain après-midi.

Nous trouvâmes encore quelques petites choses à nous dire. Rien de très important. Nous parlâmes de tout et de rien, pour ne pas être obligés de choisir entre raccrocher ou aborder des sujets plus graves. Le moment aurait certainement été mal choisi.

Notre conversation terminée, je retournai au comptoir pour discuter un petit moment avec Nick. Je ne m'attardai pas.

Lorsque j'arrivai à mon hôtel, il faisait nuit. Je téléphonai à l'avocat de Broadfield à son bureau et tombai sur son répondeur. Mais si je laissais un message, il serait immédiatement transmis à M. Seldon Wolk. Je laissai mon nom et mon numéro, en ajoutant que j'appelais au sujet de Jerome Broadfield.

La boîte vocale ayant effectivement appelé Wolk sans délai, celui-ci me contacta dans les minutes qui suivirent. Après toute cette prompte efficacité, notre conversation fut décevante. Nous étions tous les deux méfiants et solennels. Nous ne nous étions jamais rencontrés, il ne nous fut pas difficile de nous forger une impression négative l'un de l'autre. Je l'imaginai en magicien des prétoires, trop imbu de ses talents de prestidigitateur ; il dut penser que j'étais un flic défroqué qui survivait en espionnant les épouses infidèles. Nous nous sondâmes longuement, la conversation étant émaillée de silences gênés.

J'appris qu'il devait voir son client le lendemain matin. Je lui dis que j'avais une question ou deux à poser à Broadfield.

— Demandez-lui si le nom de Leon Manch lui dit quelque chose. Essayez de savoir si Carr avait des clients célèbres et lesquels. Et dites-lui d'arrêter de faire le malin avec moi. Dites-lui aussi que je sais pourquoi Fuhrmann est un bon ami à lui depuis quelque temps. Et enfin, dites-lui qu'il gaspille son argent en m'obligeant à découvrir ce qu'il me cache.

Je m'étonnais moi-même. Wolk s'assura qu'il avait retenu mes instructions au mot près et n'essaya même pas de savoir où je voulais en venir.

Peut-être que ça ne l'intéressait pas, tout simplement.

II

Je finis par passer la soirée au Village. J'étais curieuse-
ment agité, comme mû par une énergie que je n'arrivais
pas à canaliser et qui me forçait à bouger sans arrêt. C'était
un vendredi soir, et les meilleurs bars du centre-ville
étaient bondés et bruyants, comme tous les vendredis. Je
fis la tournée des Kettle, Minetta, Whitey, McBell, San
Giorgio, Lion's Head, Riviera, et d'autres dont je n'ai pas
retenu le nom. Mais comme je n'arrivais à me poser nulle
part, je finis par ne prendre qu'un verre dans chaque
endroit, les effets de l'alcool se dissipant au fur et à mesure
que j'allais de l'un à l'autre. Je n'arrêtais pas de bouger et
de dériver toujours plus loin vers l'ouest, m'éloignant des
coins à touristes et m'approchant des lieux où le Village
vient se frotter à l'Hudson.

Il devait être à peu près minuit lorsque je débarquai au
Sinthia, dans Christopher Street. C'était le genre d'endroit
où les gays en chasse se refont une beauté avant d'aller
rencontrer les dockers et les routiers à l'ombre des docks.
Je ne me sens pas spécialement mal à l'aise dans les bars
gays, mais ce ne sont pas non plus des endroits que je
fréquente régulièrement. Il m'arrivait parfois de faire une
descente au Sinthia quand je me trouvais dans le coin
parce que j'en connaissais assez bien le propriétaire. J'avais
été obligé de l'arrêter quinze ans plus tôt pour incitation
à la débauche sur la personne d'un mineur. Le mineur en

question avait dix-sept ans et en avait vu d'autres. J'avais arrêté Kenny parce que je n'avais pas le choix : le père du garçon avait déposé une plainte en bonne et due forme. L'avocat de Kenny avait eu une conversation en tête à tête avec le père du jeune homme et lui avait donné une petite idée des arguments qu'il développerait devant le juge, et les choses en étaient restées là.

Au fil des ans, Kenny et moi étions devenus un peu plus que deux vieilles connaissances et un peu moins que des amis. Quand j'entrai, je le trouvai derrière le bar. Il faisait à peine vingt-huit ans. Il devait en réalité en avoir à peu près le double, mais il fallait s'approcher de très près pour apercevoir les cicatrices de ses liftings. Et ses cheveux soigneusement peignés étaient tous vrais, même si leur blondeur leur avait été offerte par une certaine Clairol.

Une quinzaine de clients occupaient la place. A les observer un par un, on n'aurait jamais pu imaginer qu'ils étaient gays, mais à les voir tous ensemble, leur homo-sexualité devenait évidente, presque palpable, dans cette salle longue et étroite. Peut-être était-ce leur réaction à mon intrusion qui était sensible. Les gens qui passent leur vie dans une semi-clandestinité savent toujours reconnaî-tre un flic, et je n'ai pas encore appris à éviter de donner l'impression d'en être un.

— Sir Matthew de Scudder, chanta Kenny. Tu es tou-jours, toujours le bienvenu. Tu sais, ici, on trouve rare-ment des partenaires à la hauteur de ton estimable per-sonne. Toujours au bourbon, chéri ? Tu aimes quand ça chauffe ?

— Vas-y, Kenny, envoie.

— Je suis heureux de voir que rien ne change. Tu es une constante dans ce monde de foldingues.

Je m'installai sur un tabouret au comptoir. Les autres buveurs s'étaient détendus en entendant Kenny m'apos-tropher ; c'était sans doute ce qu'il avait en tête en me faisant son cinéma. Il versa une généreuse quantité de bourbon dans un verre qu'il déposa devant moi. J'en bus quelques gorgées. Kenny se pencha vers moi en s'appuyant sur les coudes. Son visage était extrêmement bronzé. Il passait ses étés à Fire Island et se servait d'une lampe à UV le reste de l'année.

— T'as du boulot, mon chou ?

— Il se trouve que oui.

Il soupira.

— Ça arrive même aux meilleurs. J'ai repris le collier depuis le 1er mai et je n'arrive toujours pas à m'y faire. C'est un tel plaisir de se vautrer au soleil tout l'été et de laisser Alfred foutre le boxon dans cet endroit. Tu connais Alfred ?

— Non.

— Je suis sûr qu'il a essayé de m'arnaquer, mais je m'en fous. Si je garde la boutique ouverte, c'est seulement pour répondre à la demande. Pas question de générosité là-dedans. Je ne tiens pas à ce que mes filles découvrent qu'il existe d'autres établissements en ville qui vendent de l'alcool. Du moment que je couvre mes frais généraux, je suis merveilleusement heureux. J'ai même fini par dégager un léger bénéfice, rien qu'en me tournant les pouces.

Il cligna de l'œil et fila à l'autre bout du comptoir remplir des verres vides et encaisser de l'argent. Puis il revint jusqu'à moi et posa de nouveau son menton sur ses mains.

— Je parie que je sais ce que t'es venu faire ici, dit-il.

— Je parie que non.

— Tu m'offres un coup si je devine ? Bon. Voyons voir… Est-ce que, par le plus grand des hasards, ses initiales ne seraient pas… J.B. ? Oh, je parle pas du Jim Beam que t'es en train de boire. Non. Plutôt… J.B. et sa bonne amie P.C. ? (Il haussa les sourcils de manière spectaculaire.) Ben alors, Matthew, pourquoi est-ce que ta pauvre mâchoire dégringole comme ça vers ce parquet poussiéreux ? C'est pas pour ça que t'as débarqué dans ce lieu de perdition ?

Je fis non de la tête.

– Vraiment ? insista-t-il.

– Je me suis retrouvé dans le quartier par hasard.

– Voyez-vous ça.

– Je sais qu'il habitait tout près d'ici, Kenny, mais il ne faut rien exagérer. Il y a des dizaines de bars à côté de son appartement dans Barrow Street. Tu cherchais à savoir si je travaillais sur ce coup-là, ou bien on t'a raconté des choses ?

– Je ne sais pas si on peut appeler ça deviner. Disons plutôt émettre une hypothèse. Il venait souvent ici boire des coups.

– Broadfield ?

– Lui-même. Non, il n'est pas gay, Matthew. Ou bien s'il l'est, je ne suis pas au courant et je ne crois pas qu'il le soit. En tout cas, il n'en a pas fait la démonstration et Dieu sait qu'il n'aurait pas eu la moindre difficulté à trouver quelqu'un qui veuille le ramener chez lui. Il est absolument splendide.

– Mais ce n'est pas ton genre.

– Pas du tout mon genre, tu veux dire ! Moi, j'aime les petits mecs crasseux, tu sais bien.

– Je sais ça, moi ?

– Tout le monde sait ça, mon chou.

Quelqu'un cogna son verre sur le comptoir pour se faire servir.

– Ouh la la, dit Kenny à l'autre, avec un faux accent anglais, vouley-vouh vouh calmey, s'il vous play ? Je fay djust ouhn peutite conh-veur-say-chi-one avec ouhn gentleman du Yard… A propos d'accents, reprit-il en se tournant vers moi, il l'a amenée ici, tu sais. Elle. Tu n'étais peut-être pas au courant ? En tout cas, maintenant tu le sais. Je te ressers ? Tu me dois déjà deux doubles – celui que tu as bu et celui du pari que tu as perdu. Allez, on arrondit à trois.

Il me servit un double bourbon généreux et reposa la bouteille.

– C'est pour ça que je n'ai pas eu de mal à deviner

pourquoi tu es venu ici, enchaîna-t-il. Ce n'est pas ton troquet habituel. Ils sont venus tous les deux, ensemble et séparément. Maintenant elle est morte et lui est à l'hôtel avec des barreaux aux fenêtres. La conclusion de tout ça me paraissait inévitable : M.S. vient se renseigner sur J.B. et P.C.

— La dernière partie est vraie.

— Alors vas-y, pose-moi tes questions.

— Il est d'abord venu seul ?

— Pendant longtemps, je n'ai vu que lui. Seul, oui. Exclusivement. Au début, on ne peut pas dire qu'il venait souvent. Il a dû débarquer pour la première fois il y a un an et demi, quelque chose comme ça. Je le voyais dans les deux fois par mois. Évidemment, je ne savais rien sur lui, à l'époque. Il avait l'air d'un flic et en même temps non. Tu vois ce que je veux dire ? C'était peut-être ses vêtements. Ne le prends pas mal, mais il était drôlement bien sapé.

— Pourquoi est-ce que je devrais le prendre mal ?

Il haussa les épaules et s'éloigna pour s'occuper de ses affaires. Pendant qu'il était parti, j'essayai d'imaginer pourquoi Broadfield fréquentait le Sinthia. Cela ne pouvait s'expliquer que s'il avait parfois envie de sortir de chez lui sans pour autant rencontrer des gens de sa connaissance. Un bar gay convenait parfaitement.

Lorsque Kenny revint, je creusai la question :

— Tu m'as dit qu'il était venu ici avec Portia Carr. Quand ?

— Je ne sais pas exactement. La première fois, il a très bien pu l'amener en été, sans que j'en sache rien. Mais j'étais là lorsqu'ils se sont pointés il y a... disons trois semaines. J'ai du mal à repérer certains événements dans le temps, surtout quand sur le moment je ne peux pas imaginer qu'ils prendront tant d'importance !

— Était-ce avant ou après que tu apprennes qui c'était ?

— Ah, subtil, subtil ! C'était après. Donc je ne me trompais pas en disant que c'était il y a trois semaines.

J'ai su son nom lorsqu'il a pris contact avec l'enquêteur ;
puis j'ai vu sa photo dans le journal et ensuite il s'est
pointé avec l'Amazone.

— Combien de fois sont-ils venus ensemble ?

— Au moins deux. Peut-être trois. Le tout en l'espace
d'une semaine. Ton verre est vide. Je le remplis ? (Je fis
non de la tête.) Après, je ne l'ai plus revu, mais elle, elle
est revenue.

— Seule ?

— Oui. Elle est entrée, elle s'est assise à une table et elle
a commandé à boire.

— C'était quand ?

— Qu'est-ce qu'on est, aujourd'hui... vendredi ? Ça
devait être mardi soir.

— Et elle a été tuée mercredi soir.

— Eh, ne me regarde pas comme ça, mon minou ! Ce
n'est pas moi qui l'ai butée.

— Bon. Je te crois sur parole.

Je me rappelai toutes les pièces de dix cents que j'avais
perdues dans divers téléphones mardi soir, lorsque j'avais
appelé chez Portia Carr et que j'étais tombé sur son répondeur. Alors qu'elle était au Sinthia.

— Pourquoi est-elle venue ici, Kenny ?

— Pour rencontrer quelqu'un.

— Broadfield ?

— C'est ce que j'ai cru un moment, mais l'homme qui
a fini par la rejoindre n'était qu'une pâle copie de Broadfield. J'avais du mal à imaginer qu'ils puissent faire partie
de la même espèce.

— C'était bien lui qu'elle attendait ?

— Oh, sans aucun doute. Il est entré en la cherchant du
regard et elle avait passé son temps à lever les yeux chaque
fois que la porte s'ouvrait.

Kenny se gratta la tête.

— Je ne sais pas si elle le connaissait ou non, reprit-il.
De vue, je veux dire. J'ai le sentiment que non, mais ce

n'est qu'une supposition. Ça ne remonte pas à loin, mais je n'ai pas vraiment fait attention.

— Combien de temps sont-ils restés ?

— Une demi-heure, environ. Ils sont partis ensemble. Peut-être qu'après ils se sont tenu compagnie des heures entières, mais ils n'ont pas jugé bon de me mettre dans la confidence.

— Et tu ne sais pas qui était le type.

— Jamais vu avant, jamais revu depuis.

— Dis-moi, Kenny, à quoi est-ce qu'il ressemblait ?

— A pas grand-chose, je peux te dire. Mais tu veux une description plutôt qu'une critique, j'imagine. Laisse-moi réfléchir.

Il ferma les yeux et tambourina du bout des doigt sur le comptoir. Puis il reprit, sans ouvrir les yeux :

— Petit, Matt, trapu, mince. Les joues creuses. Beaucoup de front et une invraisemblable absence de menton. Il portait un semblant de barbe pour cacher ça. Pas de moustache. Grosses lunettes à monture d'écaille, ce qui fait que je n'ai pas vu ses yeux et que je ne pourrais pas jurer qu'il en avait, bien que j'imagine que oui, comme la plupart des gens. Un gauche et un droit, selon l'usage, même si parfois… quelque chose qui cloche ?

— Rien du tout, Ken.

— Tu le connais ?

— Oui, je le connais.

Je quittai Kenny peu après. S'ensuivit un laps de temps dont je ne me souviens plus très clairement. J'ai sans doute débarqué dans un ou deux autres bars. Plus tard, je me suis retrouvé dans le hall d'entrée de l'immeuble de Jerry Broadfield, dans Barrow Street.

Je ne sais pas comment j'avais fini par arriver là, ni ce qui m'avait décidé à y aller. Pourtant, sur le moment, la chose me paraissait évidente.

A l'aide d'un ruban de Celluloïd, je fis jouer le loquet

de la porte d'entrée et remis ça avec celle de son appartement. Une fois à l'intérieur, je tournai le verrou, allumai les lampes et m'installai tranquillement. Je trouvai la bouteille de bourbon et me versai à boire, puis j'allai me chercher une bière dans le frigo pour faire descendre. Au bout d'un petit moment, j'allumai la radio et tombai sur une chaîne qui diffusait de la musique pas trop envahissante.

Après avoir descendu un peu plus de bourbon et de bière, je me déshabillai, accrochai soigneusement ma veste dans sa penderie et trouvai un pyjama dans un tiroir de son bureau. Je l'enfilai. Je dus retrousser le bas du pantalon, un peu trop grand pour moi. A part ça, il ne m'allait pas trop mal. Un peu large, mais bon.

Un moment avant d'aller me coucher, je décrochai le téléphone et composai un numéro. Je ne l'avais pas appelé depuis quelques jours, mais je m'en souvenais encore.

Ce fut une voix grave à l'accent anglais qui me répondit.

– « Vous êtes bien au soixante-douze cinquante-cinq. Désolé, mais nous sommes absents pour le moment. Laissez-nous votre nom et votre numéro après le signal sonore, et nous vous rappellerons dès que possible. Merci. »

La mort est un processus graduel. Quelqu'un avait tué Portia quarante-huit heures plus tôt dans ce même appartement, mais sa voix répondait encore au téléphone.

Je rappelai deux autres fois, rien que pour l'entendre. Je ne laissai pas de messages. Puis je vidai une autre canette de bière avec le reste de bourbon, rampai jusqu'au lit et m'endormis.

12

Je me réveillai l'esprit confus et désorienté, cherchant à retenir les lambeaux d'un rêve informe. Pendant quelques instants, je restai debout à côté du lit, en pyjama, sans savoir où je me trouvais. Puis, d'un seul coup, la mémoire me revint. Je pris une douche rapide, me séchai et enfilai de nouveau mes vêtements. En guise de petit déjeuner, je vidai une canette de bière avant de quitter cet endroit pour me retrouver dans les rues baignées de soleil, avec l'impression de m'enfuir comme un voleur.

J'aurais voulu passer immédiatement à l'action. Mais je me forçai d'abord à avaler un copieux petit déjeuner – œufs au bacon et toasts – au Jimmy Day de Sheridan Square, repas que j'accompagnai de grandes quantités de café. Puis je pris le métro.

Un message m'attendait à mon hôtel, ainsi qu'une brassée de publicités qui partirent directement à la poubelle. Seldon Wolk me demandait de lui téléphoner lorsque cela me conviendrait. Je me dis que la chose me convenait déjà et l'appelai depuis le hall de l'hôtel.

Sa secrétaire me le passa immédiatement.

– J'ai vu mon client ce matin, monsieur Scudder, dit-il. Il m'a écrit un mot pour que je vous le lise. Je peux ?

– Allez-y.

— « Matt. Je ne sais rien sur un Manch qui aurait un rapport avec Portia. S'agit-il de l'adjoint au maire ? Elle avait quelques politiciens dans son carnet d'adresses, mais elle ne m'a jamais dit qui. Je n'ai pas parlé de mes projets avec Fuhrmann parce que je n'en voyais pas l'intérêt et que j'aime garder certaines choses pour moi. Oubliez tout ça. C'est autour des deux flics qui m'ont arrêté qu'il faut creuser. Comment ont-ils su qu'ils devaient venir chez moi ? Qui les a rencardés ? Travaillez là-dessus. »

— C'est tout ?

— C'est tout, monsieur Scudder. J'ai l'impression d'être une messagerie vocale qui transmet les questions et les réponses sans les comprendre. Je ne saisirais pas davantage si tout était codé. Cela répond-il à vos questions ?

— En partie. Et Broadfield ? Comment l'avez-vous trouvé ? Il a le moral ?

— Oui. Il ne doute pas d'être acquitté. Et je crois que son optimisme est justifié.

Il continua en m'expliquant les diverses manœuvres de procédure qui éviteraient la prison à son client et permettraient de casser en appel une éventuelle condamnation. Je ne me fatiguai pas à l'écouter et lorsque son débit commença à faiblir je le remerciai et lui dis au revoir.

Je m'arrêtai au Red Flame pour boire un café et réfléchir au message de Broadfield. Ce qu'il me suggérait de faire était parfaitement à côté de la plaque et, après avoir gambergé un moment, je compris pourquoi.

Il pensait comme un flic. C'était compréhensible : il avait mis des années avant d'y arriver et on ne change pas sa façon de penser rien qu'en claquant des doigts. Moi-même, la plupart du temps, je réagissais encore comme lui, alors que j'avais eu quelques années pour me débarrasser de mes vieilles habitudes. D'un point de vue de flic, il était clair qu'il fallait aborder le problème comme le faisait Broadfield. On en restait aux faits et on remontait la piste en envisageant toutes les hypothèses jusqu'à ce qu'on ait retrouvé celui qui avait averti la police. Il y avait une chance pour que ce soit également le meurtrier. Sinon, il devait au moins avoir vu quelque chose.

Dans le cas contraire, il devait y avoir d'autres témoins. Portia Carr avait certainement été vue en train de pénétrer dans l'immeuble de Barrow Street le soir du crime. Elle n'était pas entrée sans que quelqu'un lui ouvre et comme elle était accompagnée de la personne qui – forcément – l'avait tuée...

C'était le genre de chose qu'un flic aurait pu découvrir. Le Département disposait de deux atouts qui garantissaient l'efficacité de ce genre d'enquête : le personnel et l'autorité. Un homme seul, sans même un insigne de cadet de la police pour convaincre les gens qu'ils avaient tout intérêt à se montrer bavards, n'obtiendrait même pas le quart du début d'un résultat.

D'autant que la police n'avait pas la moindre intention de coopérer : elle était opposée à toute enquête qui pourrait épargner à Broadfield la chaise électrique.

Du coup, j'étais obligé d'inventer une tactique radicalement différente et qui n'aurait rien à voir avec les méthodes traditionnelles de la police. Je devais coincer le meurtrier de Portia Carr et dénicher des preuves pour confirmer ce que je subodorais déjà.

Mais d'abord il fallait que je trouve quelqu'un.

Un petit, avait dit Kenny. Trapu et mince. Les joues creuses. Beaucoup de front et une invraisemblable absence de menton. Un semblant de barbe. Pas de moustache. Lunettes à grosses montures d'écaille...

Je commençai par faire une descente à l'Armstrong's, au cas où. Il ne s'y trouvait pas et ne s'était pas encore pointé ce matin-là. L'idée de boire un coup me traversa l'esprit, mais je me dis que je pouvais affronter Douglas Fuhrmann sans avoir picolé.

Sauf que je n'en eus pas l'occasion. Je filai chez lui, sonnai à la porte d'entrée et la gardienne répondit. Peut-être bien qu'elle portait toujours la même robe de chambre et les mêmes pantoufles.

— C'est complet. Essayez donc trois portes plus loin.

— Doug Fuhrmann, dis-je.

Elle prit la peine de me dévisager.

— Au troisième, porte face, dit-elle en fronçant les sourcils. Vous êtes déjà venu, vous.

— C'est exact.

— Ouais, je me disais bien que je vous avais déjà vu.

Elle se frotta le nez avec son index, qu'elle essuya sur sa robe de chambre.

— Je ne sais pas s'il est là, reprit-elle. Si vous voulez frapper à sa porte, allez-y.

— D'accord.

— Mais ne faites pas de bêtises avec la porte, hein ? Il a installé une alarme, ça fait un boucan dingue, ce truc-là. Je ne peux même pas entrer pour lui faire son ménage. C'est lui qui nettoie, imaginez un peu !

— Il habite ici depuis plus longtemps que les autres, non ?

— Écoutez, il est là depuis plus longtemps que moi. Je travaille ici depuis quoi ? Un an ? Deux ans ? (Si elle ne le savait pas, je ne pouvais pas l'aider à s'en souvenir.) Lui, ça fait des années et des années qu'il est là...

— Vous devez le connaître assez bien.

— Pas du tout. Je connais personne ici. J'ai pas le temps de les écouter me raconter leur vie, cher monsieur. Chacun ses problèmes, voilà ce que je pense.

J'étais parfaitement d'accord avec elle. Je n'avais pas la moindre envie de l'écouter s'épancher. Il était clair qu'elle ne m'apprendrait rien sur Fuhrmann et je ne m'intéressais pas à ce qu'elle pouvait me raconter d'autre. Je la dépassai et montai l'escalier.

Il n'était pas chez lui. Je tournai la poignée, mais la porte était fermée à clé. Je n'aurais sans doute eu aucun mal à faire jouer le verrou, mais je ne tenais pas à déclencher l'alarme. Je me demande si je m'en serais souvenu si la vieille femme ne me l'avait pas rappelé.

Je lui écrivis un mot lui expliquant qu'il fallait qu'il me contacte au plus vite. Je signai, ajoutai mon numéro de téléphone et glissai le bout de papier sous sa porte. Puis je redescendis l'escalier et sortis de l'immeuble.

Dans l'annuaire de Brooklyn, je trouvai un Leon Manch qui habitait Pierrepont Street, à Brooklyn Heights. Je me dis qu'un esclave scato avait tout autant le droit de vivre dans ce genre de quartier qu'un autre. Je composai son numéro et laissai sonner une douzaine de fois avant de raccrocher.

J'essayai le bureau de Prejanian. Personne. Même les Croisés ne travaillent que cinq jours par semaine. J'appelai la mairie, en me demandant si par hasard Manch s'était rendu à son bureau. Il y avait au moins quelqu'un pour répondre au téléphone, même si le dénommé Leon Manch était absent.

D'après l'annuaire, Abner Prejanian habitait 444, Central Park West. J'avais déjà composé la moitié de son numéro lorsqu'il me vint à l'esprit que c'était inutile. Il ne me connaissait ni d'Eve ni d'Adam et je doutais fort qu'il accepte de répondre par téléphone aux questions d'un parfait inconnu. Je raccrochai, récupérai ma pièce et cherchai le numéro de Claude Lorbeer, l'assistant de Prejanian. Il n'y avait qu'un seul Lorbeer à Manhattan, un certain J. Lorbeer, dans West End Avenue. Je tentai ma chance et quand une femme répondit, je lui dis que je désirais parler à Claude. Celui-ci prit le téléphone et je lui demandai s'il avait eu contact avec un certain Douglas Fuhrmann.

— Ce nom ne me dit rien. A quelle occasion ?

— Il travaille avec Broadfield.

— Un policier, alors ? Non, je ne me rappelle pas.

— Peut-être que votre patron le connaît, lui. Je voulais lui téléphoner, mais comme il n'a jamais entendu parler de moi...

— Oh, vous avez bien fait de m'appeler d'abord. Je peux contacter M. Prejanian pour lui poser la question. Vous voudriez savoir autre chose ?

— Demandez-lui s'il se souvient d'un certain Leon Manch. Et si celui-ci a quelque chose à voir avec Broadfield.

— Mais certainement. Je vous rappelle tout de suite, monsieur Scudder.

Le téléphone sonna moins de cinq minutes plus tard.

— Je viens d'avoir M. Prejanian, me dit Lorbeer. Il ne connaît aucun des noms que vous avez mentionnés. Monsieur Scudder ? Si j'étais vous, j'éviterais tout contact direct avec M. Prejanian.

— Ah ?

— Il n'était pas spécialement ravi de me voir répondre à vos questions. Il ne s'est pas exprimé de cette façon, mais je crois que vous comprenez où je veux en venir. Disons qu'il impose à ses assistants de ne pas se laisser distraire de leur tâche. Il est évident que tout cela doit rester entre nous, n'est-ce pas ?

— Évidemment.

— Vous êtes toujours convaincu que Broadfield est innocent ?

— Plus que jamais.

— D'après vous, le dénommé Fuhrmann détient la clé de l'énigme ?

— Peut-être. En tout cas, je commence à y voir plus clair.

— Tout cela est fascinant. Bien, je ne vous retiens pas plus longtemps. Si jamais je peux faire quelque chose, passez-moi un coup de fil. Mais que cela reste confidentiel, d'accord ?

Un peu plus tard, je téléphonai à Diana. Nous décidâmes de nous retrouver à huit heures et demie dans un restaurant français de la VIIIe Avenue, le Brittany du Soir. C'était un endroit paisible et intime où nous pourrions passer une soirée en tête à tête.

– Alors, à tout à l'heure, me dit-elle. Vous avez avancé dans vos recherches ? Oh, vous me le direz quand nous nous verrons.

– D'accord.

– C'est que j'ai beaucoup réfléchi à toute cette histoire, Matthew. Je me demande si vous savez ce que ça signifie pour moi. Je me suis trop longtemps abstenue de penser, presque contrainte à ne surtout pas penser ; c'est comme si tout à coup une chaîne venait d'être rompue. Je ne devrais pas vous dire tout ça. Je vais finir par vous faire fuir.

– Ne vous inquiétez pas.

– C'est bien cela qui est étrange. Je ne suis pas inquiète. Vous ne trouvez pas que c'est étrange ?

Avant de rentrer à l'hôtel, je m'arrêtai devant l'immeuble de Fuhrmann. La gardienne ne répondit pas à mon coup de sonnette. Elle devait être occupée à régler les problèmes auxquels elle avait précédemment fait allusion. Je me débrouillai pour entrer et montai les escaliers. Il n'était pas chez lui et il était évident qu'il n'y était pas repassé : je vis le mot que je lui avais laissé sous la porte.

Je regrettai de ne pas avoir pris son numéro de téléphone. S'il en avait un. Car je n'avais pas vu de poste, lors de ma visite. Cela dit, son bureau étant encombré de fatras, il pouvait bien avoir un téléphone sous une pile de papiers.

Je rentrai de nouveau chez moi, me douchai, me rasai et rangeai mes affaires. La femme de ménage avait passé un rapide coup de balai et je ne pouvais pas faire beaucoup plus. Ma chambre aurait toujours l'air d'une petite piaule dans un hôtel minable. Fuhrmann avait choisi de transformer la sienne en une extension de lui-même. J'avais laissé la mienne dans l'état où je l'avais trouvée. Au début, son austère simplicité me plaisait assez. Mais je n'y faisais plus attention depuis longtemps et seule la perspective d'y recevoir une invitée me faisait reprendre conscience de son apparence.

Je vérifiai les réserves d'alcool. Il y en avait apparemment assez pour moi. Je ne savais pas ce qu'elle aimait boire, mais l'épicerie d'en face livrait jusqu'à onze heures.

J'enfilai mon plus beau costume et m'aspergeai d'un peu d'eau de Cologne. Les garçons me l'avaient offerte comme cadeau de Noël. Je ne savais plus en quelle année et ne me rappelais plus quand j'en avais mis pour la dernière fois. Je me sentis un peu ridicule, mais ce n'était pas tout à fait déplaisant.

Je fis un saut à l'Armstrong's. Fuhrmann était venu et reparti environ une heure plus tôt. Je lui laissai un mot. J'appelai Manch : cette fois, il répondit.

— Monsieur Manch, je m'appelle Matthew Scudder. Je suis un ami de Portia Carr.

Il y eut un silence, suffisamment long pour que sa réponse n'ait pas l'air convaincante.

— J'ai bien peur de ne connaître personne de ce nom.

— Je suis certain que si. Ne jouez pas à ce jeu-là, monsieur Manch. Ça ne marchera pas.

— Que voulez-vous ?

— Vous voir. Le plus tôt possible. Demain.

— A quel sujet ?

— Je vous le dirai à ce moment-là.

— Je ne comprends pas. Vous vous appelez comment, déjà ?

Je le lui dis.

— Eh bien, monsieur Scudder, je voudrais d'abord savoir ce que vous attendez de moi.

— Je passerai chez vous demain après-midi.

— Je ne...

– Vers trois heures. Ce serait une bonne idée si vous y étiez.

Il commença à dire quelque chose, mais je raccrochai avant de pouvoir l'entendre. Il était huit heures passées de quelques minutes. Je sortis et descendis la IXe Avenue en direction du restaurant.

13

Nous nous installâmes dans un box. Elle portait un fourreau noir tout simple. Pas de bijoux. Son parfum était fleuri, avec une pointe d'épices. Je commandai un vermouth avec des glaçons pour elle et un bourbon pour moi. Au tout début de la soirée, la conversation roula sur des sujets légers. Lorsque nous redemandâmes à boire, nous en profitâmes pour passer la commande de notre dîner : ris de veau pour elle, steak pour moi. On nous apporta nos verres. Nous trinquâmes de nouveau. Nos regards se rencontrèrent et il y eut un silence très légèrement gêné.

Ce fut elle qui le rompit. Elle me tendit la main, je la pris, elle baissa les yeux et dit :

— Je m'y prends très mal, non ? Manque de pratique, j'imagine.

— Je ne vaux pas mieux.

— Vous avez eu quelques années pour vous réhabituer à une vie de célibataire. Moi, je n'ai eu qu'une brève histoire, et qui n'est pas allée bien loin. Il était marié.

— Vous n'êtes pas obligée d'en parler.

— Je sais. Il était marié. C'est arrivé par hasard, c'était purement physique et, pour être honnête, ce n'était même pas si bien, physiquement. Et ça n'a pas duré longtemps.

Elle hésita à poursuivre. Elle s'attendait peut-être à ce

que je dise quelque chose, mais je restai silencieux. Puis elle reprit :

— Vous pensez peut-être qu'entre nous, ça devrait rester, disons... une aventure. Ça ne me pose pas de problème, Matthew.

— J'ai du mal à croire que notre rencontre puisse être à ce point banale.

— Je ne le crois pas non plus. J'aimerais tellement... en fait, je ne sais pas ce que j'aimerais. (Elle leva son verre et en but une gorgée.) Je vais probablement finir la soirée un peu saoule. Vous pensez que je ne devrais pas ?

— Non, c'est peut-être une bonne idée. Vous voulez boire du vin avec le repas ?

— J'aimerais bien, oui. C'est plutôt mauvais signe de devoir se saouler, vous ne croyez pas ?

— Je serais le dernier à vous le dire. Chaque jour que Dieu fait, je me retrouve un peu saoul.

— Ça devrait m'inquiéter ?

— Je ne sais pas. En tout cas, il vaut certainement mieux que vous soyez prévenue, Diana. Autant que vous sachiez où vous mettez les pieds.

— Êtes-vous alcoolique ?

— Qu'est-ce qu'un alcoolique, à votre avis ? Je bois probablement assez pour qu'on puisse dire que j'en suis un. Ça ne m'empêche pas de fonctionner. Pour l'instant. Ça finira peut-être par changer.

— Pourriez-vous arrêter de boire ? Ou réduire la dose ?

— Sans doute. Si j'avais une bonne raison.

La serveuse nous apporta nos hors-d'œuvre. Je commandai un pichet de vin rouge. Diana empala une moule sur une petite fourchette qui s'arrêta à mi-chemin de sa bouche.

— Nous ne devrions peut-être pas déjà parler de tout ça.

— Peut-être.

— J'ai l'impression que nous éprouvons les mêmes sentiments pour beaucoup de choses, et je crois que nos peurs sont les mêmes.

– Ou du moins elles se ressemblent.

– Oui. Vous n'êtes peut-être pas une affaire, Matthew. C'est bien ce que vous essayez de me dire, non ? Mais moi non plus. Je ne bois pas, mais je pourrais. J'ai trouvé une autre façon de prendre mes distances avec la race humaine. J'ai cessé d'être. J'ai l'impression…

– Oui ?

– C'est comme si on m'avait donné une deuxième chance. Ou alors je l'ai depuis le début, mais je ne peux en profiter que maintenant que je sais qu'elle existe. Est-ce que vous faites partie de cette deuxième chance ou est-ce que vous m'avez seulement aidée à la reconnaître ?

La moule était toujours emprisonnée entre les dents de sa fourchette, qu'elle reposa sur l'assiette.

– Je ne sais vraiment plus où j'en suis ! dit-elle. Tous les magazines disent que les femmes de mon âge font une crise d'identité. C'est vraiment ça, ou bien je suis en train de tomber amoureuse ? Comment fait-on la différence ? Vous avez une cigarette ?

– Je vais en chercher. Qu'est-ce que vous fumez ?

– Je ne fume pas. Prenez n'importe quoi. Des Winston, si vous en trouvez.

J'allai en acheter au distributeur. J'ouvris le paquet, lui tendis une cigarette et en pris une pour moi. Je grattai une allumette et ses doigts se refermèrent autour de mon poignet tandis qu'elle tirait une première bouffée. Elle avait le bout des doigts froid.

– J'ai trois jeunes enfants, reprit-elle. Et un mari en prison.

– En plus, vous vous mettez à boire et à fumer. Vous n'êtes vraiment pas présentable.

– Et vous, vous êtes vraiment gentil. Est-ce que je vous l'ai déjà dit ? Ça reste vrai.

Pendant le repas, je veillai à ce qu'elle boive l'essentiel de la bouteille. Après le dîner, elle prit un café avec un petit verre de cognac. Je me remis au café arrosé de bourbon. La conversation se poursuivit encore un bon bout de temps, entrecoupée de longs silences pendant lesquels nous communiquions au moins autant qu'en discutant.

Il était prêt de minuit lorsque je réglai l'addition. On nous attendait pour fermer, mais notre serveuse avait eu la délicatesse de nous laisser seuls. Je lui montrai combien j'appréciais en laissant un pourboire probablement excessif. Je m'en foutais complètement. J'aimais le monde entier.

Une fois dehors, nous restâmes plantés sur le trottoir de la IXe Avenue à boire l'air froid. Elle découvrit la lune et partagea sa trouvaille avec moi.

— Elle est presque pleine, dit-elle. C'est merveilleux, n'est-ce pas ?

— Oui.

— Parfois, j'ai l'impression de sentir l'attraction lunaire. C'est idiot, non ?

— Je ne sais pas. La mer la sent. C'est pour cela qu'il y a des marées. Et on ne peut pas nier que la lune influence le comportement des humains. Tous les flics le savent. Le nombre de crimes change avec la lune.

— Vraiment ?

— Oui. Surtout les crimes bizarres. Les gens font de drôles de choses quand c'est la pleine lune.

— Comme quoi ?

— Comme de s'embrasser en public.

Un peu plus tard elle dit encore :

— Moi, je ne crois pas que ce soit bizarre. En fait, je trouve ça plutôt bien.

A l'Armstrong's, je commandai du café avec du bourbon pour deux.

— J'aime me sentir comme ça, dans le coton, Matthew.

Mais je n'ai pas envie de m'endormir. J'aimais bien le goût de votre mixture quand j'y ai goûté, l'autre jour.

Après nous avoir servis, Trina me tendit un bout de papier.

– Il est passé il y a une heure, me dit-elle. Avant ça, il a appelé deux fois. Il est pressé de te parler.

Je dépliai le bout de papier. J'y trouvai le nom de Doug Fuhrmann et un numéro de téléphone.

– Merci, dis-je à Trina. Rien qui ne puisse attendre demain matin.

– Il a dit que c'était urgent.

– Chacun son opinion, tu veux ?

Diana et moi vidâmes nos verres de bourbon dans nos tasses de café, et elle me demanda quel était le problème.

– Un type que votre mari connaissait, lui répondis-je. Il fréquentait aussi la fille qui a été tuée. Je crois que je sais pourquoi, mais je veux en parler avec lui.

– Vous voulez l'appeler ? Ou le voir un moment ? Ne vous gênez pas pour moi, Matthew.

– Il peut attendre.

– Si vous pensez que c'est important…

– Non. Il attendra jusqu'à demain.

Apparemment Fuhrmann n'était pas de cet avis. Un moment plus tard, le téléphone sonna. Trina répondit et s'approcha de notre table.

– Le même, dit-elle. Tu veux lui parler ?

Je secouai la tête.

– Dis-lui que je suis passé, que j'ai bien eu son message, que j'ai dit que je l'appellerais dans la matinée et qu'ensuite j'ai bu un coup avant de partir.

– Ça roule.

Dix ou vingt minutes plus tard, nous partîmes pour de bon. C'était au tour d'Estéban de faire la nuit à la réception de mon hôtel. Il me donna trois messages, tous de Fuhrmann. Je prévins Estéban :

– Pas d'appels. D'où qu'ils viennent. Je ne suis pas là.

– D'accord.

— Si jamais il y a le feu à la baraque, tu peux m'appeler. Autrement non.

— J'ai compris.

Nous prîmes l'ascenseur et suivîmes le couloir jusqu'à ma porte. Je l'ouvris et m'effaçai pour la laisser entrer. Avec elle à mes côtés, la petite chambre paraissait plus austère et nue que jamais.

— J'avais pensé à d'autres endroits où nous pourrions aller, lui dis-je. Un meilleur hôtel, ou bien l'appartement d'une amie, mais je me suis dit que je voulais que vous voyiez où j'habitais.

— Je suis contente, Matthew.

— Ça va aller ?

— Bien sûr que ça va aller.

Je l'embrassai. Nous nous étreignîmes pendant un long moment. Je respirai son parfum et goûtai la douceur de sa bouche. Je finis par la lâcher. Elle déambula lentement dans ma chambre, examinant certains objets, attentive à ce qu'elle pouvait éprouver dans cet endroit. Puis elle se tourna vers moi, m'adressa un sourire très doux, et nous commençâmes à nous déshabiller.

14

Nous passâmes la nuit à nous réveiller l'un l'autre. Puis je me réveillai une dernière fois pour constater que j'étais seul. Un pâle rayon de soleil filtrant à travers l'air pollué donnait à ma chambre une teinte dorée. Je me levai et ramassai ma montre sur la table de chevet. Il était près de midi.

J'avais quasiment fini de m'habiller lorsque je trouvai son mot. Elle l'avait coincé entre le cadre et le verre du miroir, au-dessus de ma commode. Elle avait une très belle écriture, assez petite.

Je lus.

> Mon chéri,
>
> Comment est-ce que les enfants disent, déjà ? La nuit passée est la première nuit du restant de mes jours. Je voudrais te dire tellement de choses, mais je ne suis pas en état de m'exprimer correctement.
> S'il te plaît, appelle-moi. Et appelle-moi, s'il te plaît,
>
> Ta Dame.

Je relus son mot plusieurs fois. Puis je le pliai soigneusement et le fourrai dans mon portefeuille.

Il y avait un seul message dans mon casier. Fuhrmann avait appelé une dernière fois sur le coup d'une heure et

demie. Apparemment, il avait fini par laisser tomber et
était allé se coucher. Je l'appelai du hall. Occupé. Je sortis
prendre mon petit déjeuner. L'air, qui depuis ma fenêtre
m'avait semblé pollué, paraissait relativement propre au
niveau de la rue. C'était peut-être dû à ma bonne humeur.
Ça faisait longtemps que je ne m'étais pas senti aussi bien.

Après ma deuxième tasse de café, je me levai de table
pour rappeler Fuhrmann. La ligne était toujours occupée.
Je retournai m'asseoir, bus une troisième tasse de café et
fumai une des cigarettes que j'avais achetées pour Diana.
Elle en avait fumé trois ou quatre et chaque fois je l'avais
accompagnée. J'en grillai la moitié d'une, laissai le paquet
sur la table, réessayai Fuhrmann une troisième fois et
payai. Puis je passai à l'Armstrong's pour voir s'il y était
ou s'il était déjà passé. Ni l'un ni l'autre.

Quelque chose émergea tout au fond de ma conscience,
comme une sorte de plainte qui montait vers moi. Je me
servis du téléphone à pièces de l'Armstrong's pour le rappeler encore une fois. La ligne sonnait toujours occupé,
mais le signal n'était pas celui qu'on entend d'habitude.
J'appelai l'opératrice pour qu'elle vérifie si le numéro était
effectivement occupé, ou si le téléphone était seulement
décroché. Je tombai sur une fille qui ne parlait pas bien
anglais et n'était pas certaine de pouvoir apporter une
réponse à ma question. Elle proposa de me passer son
supérieur, mais comme je n'étais qu'à quelques rues de
chez Fuhrmann, je lui dis de ne pas se donner cette peine.

J'étais tout à fait calme lorsque je me mis en route, et
complètement paniqué en arrivant sur place. Peut-être
percevais-je certains signaux, et de plus en plus à mesure
que la distance décroissait. Toujours est-il qu'en arrivant
dans le hall de l'immeuble je ne sonnai pas. Je jetai un
œil à l'intérieur et, ne voyant personne, me servis de mon
bout de Celluloïd pour ouvrir la porte.

Je montai jusqu'au dernier étage sans rencontrer qui
que ce soit. L'immeuble était parfaitement silencieux. Je

m'approchai de la porte de Fuhrmann, frappai, appelai, et frappai de nouveau.

Rien.

Je sortis mon bout de Celluloïd, y jetai un coup d'œil, puis regardai la porte. Je pensai à l'alarme. Si elle se déclenchait, je serais obligé de décamper à toute vitesse. Pas question donc d'ouvrir délicatement la porte pour la refermer derrière moi. La délicatesse est souvent utile, mais la force brute est parfois nécessaire.

Je donnai un coup de pied dans la porte. Je n'eus pas à m'y reprendre à deux fois car le verrou n'était pas fermé. Pour fermer un verrou, il faut une clé, comme il en faut une pour mettre en marche une alarme, et la dernière personne à être sortie de chez Fuhrmann n'avait pas ces clés ; ou alors elle n'avait pas pris la peine de s'en servir. Du coup l'alarme ne se déclencha pas, ce qui était tant mieux. Mais c'était la seule bonne nouvelle.

Les mauvaises m'attendaient à l'intérieur, mais je savais à quoi m'en tenir depuis que l'alarme ne s'était pas déclenchée comme elle aurait dû... D'une certaine façon, je le savais même avant d'arriver devant l'immeuble, même si ce n'était alors qu'une connaissance intuitive. Maintenant qu'il était en face de moi, c'était un constat.

Il était mort. Il gisait par terre, devant son bureau. A mon avis, il devait être penché au-dessus lorsque le tueur l'avait abattu. Je n'eus pas à le toucher pour vérifier qu'il était mort. La partie arrière gauche de son crâne était en bouillie, et la pièce elle-même puait la mort. Ses intestins et sa vessie s'étaient vidés de leur contenu. Les cadavres, avant que les services des pompes funèbres ne s'en occupent, empestent autant que la mort qui les a saisis.

Je le touchai quand même, pour essayer de deviner depuis combien de temps il était mort. Mais il avait la peau froide, ce qui me permit seulement de savoir qu'il était mort depuis cinq ou six heures minimum. Je n'avais jamais pris la peine d'apprendre quoi que ce soit en médecine légale. C'est l'affaire des techniciens du labo et ils font ça plutôt bien, même s'ils sont à moitié moins bons qu'ils ne le prétendent.

J'allai refermer la porte. La serrure était hors d'usage, cependant j'aperçus par terre des plaques de métal percées. Je trouvai la barre d'acier et l'installai. Je n'avais pas l'intention de m'éterniser, mais je ne voulais pas être dérangé.

Le téléphone était décroché. Il n'y avait aucun signe de lutte et je me dis que le tueur n'avait décroché le combiné que pour retarder le moment où l'on retrouverait le corps. S'il était si malin, il ne devait pas avoir laissé la moindre empreinte, mais je pris quand même la peine de ne pas y ajouter les miennes, ni d'effacer celles qu'il aurait pu laisser par inadvertance.

Quand l'avait-on tué ? Le lit était défait, mais peut-être ne le faisait-il pas tous les jours, comme cela arrive souvent aux hommes qui vivent seuls. Était-il défait lorsque j'étais venu la fois précédente ? Je réfléchis et finis par me dire que je n'avais aucune réponse à ces questions. Je me souvenais grosso modo d'un endroit propre et rangé, ce qui pouvait parler en faveur d'un lit fait, mais je gardais aussi une impression de confort qui, elle, pouvait s'accommoder d'un lit défait. Plus j'y réfléchissais, plus je me disais que tout cela n'avait finalement aucune importance. Le médecin légiste déterminerait l'heure de la mort et je n'étais pas pressé de savoir ce que j'apprendrais bien assez tôt.

Du coup, je m'assis sur le lit pour regarder Doug Fuhrmann, en essayant de me souvenir précisément de l'aspect de son visage et du son de sa voix.

Il avait essayé de me joindre. Dieu sait combien de fois. Et moi, je n'avais pas répondu à ses appels. Parce qu'il m'avait foutu en rogne à force de me cacher des choses. Parce que j'étais avec une femme qui accaparait toute mon attention ; l'expérience était si neuve que je ne voulais pas en être distrait, ne fût-ce qu'un instant.

Et si j'avais répondu ? Eh bien, il m'aurait peut-être

appris quelque chose qu'il ne me dirait plus jamais. Plus vraisemblablement, il aurait simplement confirmé ce que j'avais déjà deviné de sa relation avec Portia Carr.

Si j'avais répondu, serait-il encore vivant ?

J'aurais pu passer la journée assis sur son lit à me poser inutilement ce genre de questions. Quelles que soient les réponses, j'avais déjà perdu assez de temps.

J'ôtai la barre métallique et entrouvris la porte. Le couloir était vide. Je sortis du studio de Fuhrmann, descendis l'escalier et me retrouvai dans la rue sans rencontrer personne.

Le commissariat de Midtown North – autrefois c'était simplement le Dix-Huitième – se trouve dans la 54ᵉ Rue Ouest, pas très loin de chez Fuhrmann. Je les appelai d'une cabine, dans un bar du nom de Seconde Chance. Au comptoir, il y avait deux buveurs de vin. Derrière le zinc, un troisième type qui avait l'air d'avoir le même penchant. Lorsque l'officier de service décrocha, je donnai l'adresse de Fuhrmann et expliquai que quelqu'un y avait été tué. Je reposai le combiné pendant qu'il me demandait patiemment mon nom.

J'étais trop pressé pour prendre un taxi. Le métro irait plus vite. Je descendis à la station Clark Street, juste après le pont de Brooklyn, et demandai à quelqu'un le plus court chemin jusqu'à Pierrepont Street.

Presque tous les immeubles de la rue étaient en brique. Celui où habitait Leon Manch faisait quatorze étages – un géant à côté des autres. Le concierge était un Noir trapu, avec trois grosses rides horizontales qui lui barraient le front.

– Je viens voir Leon Manch, lui dis-je.

Il secoua la tête. Je sortis mon calepin, vérifiai l'adresse et levai les yeux vers le type.

– Vous avez la bonne adresse, dit-il avec l'accent antillais, ce qui lui faisait prononcer ses *a* très ouverts. Vous n'êtes pas venu le bon jour, voilà le problème.

– Je suis attendu.

– M. Manch, il est plus là.

– Il a déménagé ?

Cela me paraissait invraisemblable.

– Il voulait pas attendre l'ascenseur, dit le type. Alors il a pris un raccourci.

– De quoi est-ce que vous parlez ?

Son jargon, me dis-je plus tard, n'était pas celui d'un camé. C'était une tentative de décrire l'indicible. Puis il changea son fusil d'épaule.

– Il a sauté par la fenêtre. Atterri ici.

Il désigna un endroit qui ne se distinguait pas du reste du trottoir.

– Atterri juste ici, répéta-t-il.

– Quand ?

– Hier soir.

Il se toucha le front, puis il fit un geste qui ressemblait à une génuflexion. Je ne sais pas si c'était un rituel personnel ou s'il s'agissait d'une religion inconnue de moi.

– Armand était au boulot, reprit-il. Si je travaille et on saute par la fenêtre, je sais pas quoi faire.

– Il est mort ?

Il me dévisagea.

– Qu'est-ce tu crois, mon vieux ? M. Manch, il habite au quatorzième. Qu'est-ce tu crois, hein ?

Le commissariat le plus proche, celui qui avait dû hériter de l'affaire, se trouvait dans Joralemon Street, près de Borough Hall. J'eus de la chance en arrivant là-bas : j'y reconnus un flic du nom de Kinsella avec lequel j'avais travaillé quelques années plus tôt. Et j'eus doublement de la chance parce qu'il était clair qu'il ne savait pas que je travaillais pour Jerry Broadfield. Il n'avait donc aucune raison de ne pas répondre à mes questions.

– C'est arrivé hier soir, dit-il. Je n'étais pas de service à ce moment-là, mais les choses ont l'air assez simples. (Il manipula quelques feuilles de papier qu'il finit par poser sur le comptoir.) Manch vivait seul. Ça devait être un pédé. Un type qui vit seul dans ce quartier, c'est pas difficile de deviner pourquoi. Neuf chances sur dix qu'il soit homo.

Et une sur dix qu'il soit esclave scato.

— Bon, voyons, reprit Kinsella. Passé par la fenêtre, atterri sur le coin de la figure, mort constatée à l'arrivée à l'hôpital Adelphi. Identifié d'après le contenu de ses poches, les étiquettes de ses vêtements et la fenêtre ouverte.

— Pas d'identification par des proches ?

— Pas que je sache. J'ai rien là-dessus. Tu te demandes si c'est bien lui ? Si tu veux le voir, c'est comme tu le sens, mais il a atterri la tête la première, alors…

— De toute façon, je ne l'ai jamais vu. Il était seul quand il a plongé ?

— Oui.

— Des témoins ?

— Non. Mais il a laissé un mot. Dans une machine à écrire, sur son bureau.

— Le mot était tapé à la machine ?

— Ce n'est pas écrit sur le rapport.

— Est-ce que par hasard je pourrais y jeter un coup d'œil ?

— Aucune chance, Matt. Même moi, je n'y ai pas accès. Pour ça, il faudrait que tu en parles à l'officier chargé du dossier, Lew Marko. Il est de service ce soir. Il pourra peut-être t'aider.

— Ça n'a sans doute pas beaucoup d'importance.

— Attends une minute, ils l'ont recopié là-dessus. Regarde.

Je lus.

Pardonnez-moi. Je ne peux pas continuer comme ça. Je n'ai pas vécu comme j'aurais dû.

Rien sur le meurtre.

Et si c'était lui ? Cela dépendait en grande partie de l'heure à laquelle Fuhrmann avait été tué, ce que je ne saurais pas avant de connaître les conclusions du médecin légiste. Imaginons : Manch tue Fuhrmann, rentre chez lui, le remords le prend, il ouvre sa fenêtre...

Je n'étais qu'à moitié convaincu.

– A quelle heure est-ce que c'est arrivé, Jim ? lui demandai-je. Ça n'est écrit nulle part.

Il éplucha le dossier en fronçant les sourcils.

– Oui, il devrait y avoir l'heure. Je ne vois rien. La mort a été constatée à l'arrivée à Adelphi, à onze heures trente-cinq, mais ça ne nous dit pas à quelle heure il est passé par la fenêtre.

Ce n'était pas vraiment nécessaire. Le dernier appel de Doug Fuhrmann remontait à une heure et demie, une heure et cinquante-cinq minutes après qu'un médecin avait constaté la mort de Leon Manch.

Plus j'y réfléchissais, plus il me semblait qu'il valait mieux que les choses se soient passées de cette manière. Parce que tout commençait à s'expliquer, et, du coup, Manch n'était ni le meurtrier de Fuhrmann, ni celui de Portia Carr. Peut-être bien que Manch avait tué Manch, qu'il avait tapé son mot d'adieu parce qu'il n'avait pas de stylo et que son remords était dû au dégoût qu'il éprouvait d'avoir vécu une vie d'esclave scato.

« Je n'ai pas vécu comme j'aurais dû. »

Bon sang, qui peut dire qu'il vit comme il veut ?

Pour l'instant, que Manch se soit suicidé ou non n'avait aucune importance. Si je l'avais su, ça m'aurait peut-être été utile. Je n'en étais même pas tout à fait sûr.

Je savais qui avait tué les deux autres, Portia et Doug. Je le savais comme j'avais su avant d'arriver devant son immeuble que Doug Fuhrmann était mort. Nous disons que ce genre de certitude est le produit de l'intuition, car nous ne savons pas expliquer le fonctionnement de l'esprit humain. Comment comprendre que ses ordinateurs travaillent sans relâche, même lorsque notre attention est dirigée vers l'extérieur ?

Je connaissais le nom du tueur. J'avais une idée précise de son mobile. J'avais encore du chemin à faire avant que cette affaire soit réglée, mais le plus dur était derrière. Quand on sait ce qu'on cherche, ça simplifie les choses.

15

Trois ou quatre heures s'étaient écoulées lorsque je sortis d'un taxi aux environs de la 70ᵉ Rue Ouest et déclinai mon identité à un concierge. Ce n'était pas le premier taxi que je prenais depuis que j'étais rentré de Brooklyn. J'étais allé voir plusieurs personnes. On m'avait offert à boire, mais je n'avais pas accepté. J'avais bu du café, et même quelques tasses du meilleur café que je connaisse.

Le concierge m'annonça, puis m'accompagna jusqu'à l'ascenseur. Je montai au cinquième, trouvai la bonne porte et frappai. Une femme de petite taille m'ouvrit. Elle ressemblait à un oiseau, avec ses cheveux gris bleuté. Je me présentai, elle me tendit la main.

– Mon fils regarde le match de football, dit-elle. Vous vous intéressez au football ? Pour ma part, je ne trouve pas que cela ait grand intérêt. Asseyez-vous donc, je vais dire à Claude que vous êtes là.

Ce ne fut pas nécessaire. Celui-ci se tenait dans l'encadrement d'une porte, au fond du séjour. Il portait un gilet sans manches marron par-dessus une chemise blanche. Et des pantoufles. Les pouces de ses mains grassouillettes étaient glissés dans sa ceinture.

– Bonjour, monsieur Scudder, dit-il. Voulez-vous me suivre ? Maman, M. Scudder et moi allons nous installer au salon.

Je le suivis dans une petite pièce où plusieurs fauteuils

rembourrés étaient disposés autour d'une télévision. Sur le grand écran, une danseuse orientale faisait des courbettes devant une bouteille d'eau de Cologne pour hommes.

– C'est le câble, dit Lorbeer. La réception est absolument parfaite. Et ça ne coûte que quelques dollars par mois. Avant que nous ayons souscrit ce contrat, nous n'arrivions jamais à avoir une bonne image.

– Ça fait longtemps que vous vivez ici ?

– Depuis toujours. Enfin, presque. Nous avons emménagé ici lorsque j'avais deux ans et demi. Mon père vivait encore, à l'époque. Ici, c'était son bureau.

Je jetai un coup d'œil autour de moi. Des gravures représentant des scènes de chasse étaient accrochées aux murs, ainsi qu'une collection de pipes et quelques photos encadrées. Je me dirigeai vers la porte et la fermai. Lorbeer me regarda faire sans rien dire.

– J'ai parlé avec votre employeur.

– M. Prejanian ?

– Oui. Il a été très heureux d'apprendre que Jerry Broadfield serait bientôt libéré. Il dit qu'il ne sait pas encore si son témoignage lui sera d'une quelconque utilité, mais il est content de voir qu'il ne sera pas accusé d'un crime qu'il n'a pas commis.

– M. Prejanian est un homme très généreux.

– Vraiment ? (Je haussai les épaules.) Je n'ai pas eu cette impression, mais vous le connaissez certainement mieux que moi. D'après ce que j'ai compris, il est heureux de constater que Broadfield est innocent, car du coup son administration ne fait plus si piètre figure.

J'observai Lorbeer attentivement.

– Il m'a dit qu'il aurait été heureux d'apprendre plus tôt que je travaillais pour Broadfield.

– Vraiment ?

– Mm-mm. C'est ce qu'il m'a dit.

Lorbeer se rapprocha du poste de télévision. Il regarda sa main en même temps qu'il la posait dessus.

– Je bois du chocolat chaud, dit-il. Le dimanche, je régresse complètement. Je mets des vêtements confortables et je reste vautré devant la télé à regarder des émissions sportives en buvant du chocolat chaud. Vous en voulez ?

– Non, merci.

– Vous voulez boire autre chose ? Un alcool ?

– Non.

Il se retourna pour me dévisager. Les parenthèses des deux côtés de sa bouche avaient l'air gravées plus profondément que d'habitude.

– Vous comprenez que je ne puisse pas déranger M. Prejanian à tout bout de champ. Il entre dans mes fonctions de le protéger du tout-venant. Son temps est extrêmement précieux et il est déjà bien trop sollicité.

– C'est pour cela que vous n'avez pas pris la peine de l'appeler hier. Vous m'avez dit que vous lui aviez parlé, mais ce n'était pas vrai. Et vous m'avez demandé de m'adresser à vous plutôt qu'à lui si j'avais d'autres questions, pour ne pas le contrarier.

– Je ne faisais que mon travail, monsieur Scudder. Il est possible que j'aie commis une erreur de jugement. Personne n'est parfait et je n'ai jamais prétendu l'être.

Je me penchai pour éteindre la télévision.

– Ça nous distrait, dis-je. Nous devrions tous les deux prêter la plus grande attention à ceci : vous êtes un meurtrier, Claude, et, à mon avis, vous n'allez pas vous en tirer comme ça. Asseyez-vous.

– Votre accusation est ridicule.

– Asseyez-vous.

– Je suis très bien debout. Ce que vous venez de dire est parfaitement absurde. Où voulez-vous en venir ?

– J'aurais sans doute dû penser à vous dès le début. Mais il y avait un problème. Je cherchais le lien entre l'assassin de Portia Carr et Broadfield. Miss Carr a été tuée dans son appartement, donc forcément par quelqu'un qui savait où cet appartement se trouvait et qui avait pris la peine d'en éloigner Broadfield en l'envoyant se balader à Bay Ridge.

— Vous partez du principe que Broadfield est innocent. Mais je ne vois pas ce qui peut vous faire dire ça.

— Oh, je savais bien qu'il était innocent. Il y avait des dizaines de raisons.

— Quand bien même, est-ce que la fille Carr ne connaissait pas son appartement ?

— Si, c'est vrai. Mais ce n'est pas elle qui y a amené son meurtrier, parce qu'elle était inconsciente durant le trajet. On l'a frappée à la tête avant de lui donner des coups de couteau. Il était clair qu'elle avait été assommée ailleurs. Sinon le tueur se serait contenté de lui cogner dessus jusqu'à ce qu'elle soit morte. Il ne se serait pas arrêté pour prendre un couteau. Ce que vous avez fait, Claude : vous l'avez assommée ailleurs et ensuite vous l'avez amenée chez Broadfield. Entre-temps, vous vous êtes débarrassé de ce avec quoi vous l'aviez frappée et vous avez fini le travail avec un couteau.

— Je crois que je vais me servir une tasse de chocolat. Vous êtes sûr que vous n'en voulez pas ?

— Certain. Je ne pouvais pas croire qu'un flic ait pu tuer Portia Carr pour faire accuser Broadfield. Tout laissait penser que c'était pourtant le cas, mais je n'étais pas convaincu. Je préférais penser que le fait d'accuser Broadfield était un bon moyen de camoufler le meurtre et que le principal souci du meurtrier était de se débarrasser de Portia. Mais comment connaissait-il l'existence de l'appartement de Broadfield et son numéro de téléphone ? C'est pour ça que j'avais besoin de quelqu'un qui les connaissait tous les deux. J'ai fini par trouver quelqu'un, mais qui n'avait pas de mobile apparent.

— Vous parlez sans doute de moi, dit-il calmement. Je n'ai effectivement pas de mobile. Et comme je n'avais jusque-là jamais entendu parler de cette Portia Carr et que je connaissais à peine Broadfield, votre raisonnement se casse la figure, vous ne croyez pas ?

— Il ne s'agissait pas de vous, mais de Douglas Fuhrmann. Il allait travailler comme nègre sur le bouquin de
Broadfield. C'est pour ça que celui-ci était devenu informateur. Il voulait écrire un best-seller et devenir quelqu'un
de connu. C'est à cause de Carr qu'il a eu cette idée parce
qu'elle allait en pondre un, genre « La pute joyeuse ».
Fuhrmann a eu l'idée de jouer sur les deux tableaux et il
est entré en contact avec Carr pour voir s'il pouvait écrire
aussi son livre à elle. C'était ça, le lien entre les deux – forcément –, mais ce n'était pas suffisant pour commettre
un meurtre.

— Alors, pourquoi moi ? Parce que vous n'avez personne
d'autre ?

— Je savais que c'était vous avant même de savoir pourquoi. Je vous ai demandé hier après-midi si vous connaissiez Douglas Fuhrmann. Vous en saviez assez sur lui pour
aller le tuer hier soir.

— C'est incroyable. Voilà que je suis accusé d'avoir tué
un homme dont je n'ai jamais entendu parler.

— Arrêtez votre cinéma, Claude. Fuhrmann constituait
une menace pour vous parce qu'il avait parlé aux deux,
Carr et Broadfield. Il a essayé de me joindre, hier soir. Si
j'avais eu le temps de le voir, il ne serait peut-être pas
mort. Qui sait ? Il n'était peut-être pas conscient de
l'importance de ce qu'il savait. Que vous étiez un des
clients de Portia Carr.

— C'est un mensonge répugnant.

— C'est peut-être répugnant, en effet. Je ne sais pas. Je
ne sais pas ce que vous avez fait avec elle ou ce qu'elle a
fait avec vous. Mais je pourrais essayer d'imaginer.

— Allez au diable, vous êtes ignoble !

Il n'éleva pas la voix, mais son dégoût était parfaitement
audible.

— Je vous saurais gré de ne pas parler de cette façon
avec ma mère à côté, enchaîna-t-il.

Je le dévisageai. Son regard rencontra le mien. J'y lus
d'abord une certaine assurance, puis son visage parut fon-

dre et perdre toute la confiance qui l'animait. Ses épaules s'affaissèrent et il eut l'air à la fois beaucoup plus vieux et beaucoup plus jeune. Un petit garçon d'un certain âge.

— Knox Hardesty était au courant, continuai-je. Vous avez tué Portia pour rien. Ce n'est pas difficile d'imaginer ce qui s'est passé, Claude. Lorsque Broadfield s'est pointé dans les bureaux de Prejanian, vous avez entendu autre chose que de simples histoires de corruption. Vous avez appris par Broadfield que Portia Carr était dans la poche de Knox Hardesty et qu'elle le renseignait sur ses clients afin de ne pas être expulsée. Vous faisiez partie du lot et vous vous êtes dit que tôt ou tard elle finirait par vous donner.

« Alors vous avez obligé Portia à porter plainte contre Broadfield en l'accusant d'extorsion de fonds. Vous vouliez qu'il ait une raison de la tuer et vous n'avez eu aucun mal à obtenir ce que vous vouliez. Quand vous l'avez appelée, elle a cru que vous étiez un flic et elle n'a pas protesté. Je ne sais pas comment vous vous y êtes pris, mais vous avez réussi à l'effrayer. C'est facile de faire peur aux prostituées.

« Puis vous avez monté ce coup splendide contre Broad-field. Pour le meurtre, vous n'étiez pas obligé de soigner les détails parce que vous saviez que les flics se dépêche-raient de le coller sur le dos de Broadfield. Vous avez attiré Portia au Village, en même temps que vous envoyiez Broadfield faire un tour à Brooklyn. Ensuite, vous l'avez assommée et traînée jusqu'à son appartement à lui, vous l'avez tuée et vous êtes parti. Vous avez jeté le couteau dans un égout, vous vous êtes lavé les mains et vous êtes rentré chez Maman.

— Laissez ma mère en dehors de ça.

— Ça vous embête, hein, que je parle d'elle ?

— Oui, absolument, dit-il en pressant ses mains l'une contre l'autre comme pour tenter de les maîtriser. Ça me gêne beaucoup. C'est pour cela que vous le faites, j'ima-gine.

– Pas tout à fait, Claude. (Je soupirai.) Vous n'auriez pas dû la tuer. C'était parfaitement inutile. Hardesty était déjà au courant, pour vous. S'il avait prononcé votre nom plus tôt, j'aurais gagné beaucoup de temps, Fuhrmann et Manch seraient encore vivants, mais…

– Manch ?

– Leon Manch. On aurait pu croire que c'était lui qui avait effacé Fuhrmann, mais le timing ne collait pas. J'aurais aussi pu me dire que c'était vous qui aviez tué Manch, mais vous auriez procédé autrement. Vous les auriez tués dans le bon ordre, n'est-ce pas ? D'abord Fuhrmann, et ensuite Manch, pas dans l'autre sens.

– Je ne vois pas ce que vous voulez dire.

Cette fois-ci, il était clair que c'était vrai. La différence était nettement perceptible dans le ton de sa voix.

– Leon Manch était un autre client de Portia Carr. C'était aussi la taupe de Hardesty à la mairie. Je l'ai appelé hier après-midi, nous étions convenus de nous voir aujourd'hui et, à mon avis, il n'a pas supporté. Il a sauté par la fenêtre, hier soir.

– Il s'est suicidé ?

– Ça en a tout l'air.

– Ç'aurait pu être lui, le meurtrier de Portia Carr, dit Lorbeer sans pour autant chercher à se défendre.

Je hochai la tête.

– Oui, ç'aurait pu être lui. Mais il ne pouvait pas avoir tué Fuhrmann parce que celui-ci avait passé quelques coups de fil après que la mort de Manch eut été officiellement constatée. Vous voyez ce que je veux dire, Claude ?

– Quoi ?

– Il vous suffisait de laisser tranquille ce petit scribouillard. Vous ne pouviez pas le savoir, mais c'était tout ce que vous aviez à faire. Manch a laissé un mot. Il n'a pas avoué de crime, mais on aurait quand même pu l'interpréter de cette façon. Moi, en tout cas, c'est ce que j'aurais fait. Et je me serais débrouillé pour coller le meurtre de Carr sur le cadavre de Manch. Si j'y étais arrivé, Broadfield était libre. Sinon, il aurait été jugé. Dans les deux cas, vous auriez été tranquille parce que j'aurais pris Manch pour l'assassin pendant que les flics croyaient que c'était Broadfield. Il ne restait personne au monde pour vous courir après.

Pendant un long moment, il resta silencieux. Puis ses yeux se rétrécirent.

— Vous essayez de me piéger.

— Vous êtes déjà coincé.

— C'était une femme mauvaise et dégoûtante.

— Et vous étiez le bras armé de Notre Seigneur.

— Non. Certainement pas. Vous êtes en train d'essayer de me piéger, mais vous n'y arriverez pas. Vous ne pouvez rien prouver.

— Je ne suis pas forcé.

— Ah ?

— Claude, je veux que vous m'accompagniez au commissariat pour avouer le meurtre de Portia Carr et de Douglas Fuhrmann.

— Vous êtes complètement fou.

— Non.

— Alors, c'est que vous croyez que je le suis. Pourquoi voulez-vous que je fasse une chose pareille ? Même si j'avais commis un meurtre...

— Pour vous épargner bien des désagréments.

— Je ne comprends pas.

Je regardai ma montre. Il était encore tôt, mais j'avais l'impression d'être debout depuis une éternité.

— Vous m'avez dit que je ne pouvais rien prouver, lui expliquai-je, et je vous ai répondu que c'était exact. La police, elle, trouvera des preuves. Pas tout de suite, mais quand ils auront passé un certain temps à creuser. Knox Hardesty peut confirmer que vous étiez un client de Portia Carr. Il m'a donné cette information lorsque j'ai pu lui démontrer le lien avec le meurtre et il ne se gênera pas pour le répéter au tribunal. Et je parie que quelqu'un vous a vu avec Portia au Village et que quelqu'un d'autre vous a aperçu dans la IXe Avenue quand vous êtes allé tuer Fuhrmann. Il y a toujours un témoin et quand la police et les hommes du District Attorney y mettent le temps, les témoins finissent par se pointer.

— Eh bien, qu'ils se montrent, s'ils existent. Pourquoi devrais-je avouer ? Pour leur mâcher le travail ?

— Parce que vous vous simplifieriez les choses, Claude. Ce serait tellement plus facile.

— Ça n'a aucun sens.

— Si la police fourre son nez là-dedans, ils vont tout faire sortir, Claude. Ils découvriront pour quelle raison vous alliez voir Portia Carr. Pour l'instant, personne n'est au courant. Hardesty ne le sait pas, moi non plus, personne ne sait. Mais s'ils creusent, ils trouveront. Les journaux insinueront certaines choses et les gens soupçonneront que la vérité est bien pire que ce qu'elle est...

— Arrêtez.

— Tout le monde sera au courant, Claude.

De la tête je désignai la porte fermée.

— Tout le monde, insistai-je.

— Allez au diable !

— Vous pourriez au moins lui épargner ça, Claude. Évidemment, avec des aveux spontanés, vous seriez peut-être condamné à une peine moins lourde. En principe, ça n'est pas possible dans les affaires de meurtre avec préméditation, mais vous savez comment ça se passe... Vous avez tout à y gagner. Mais j'imagine que la question est secondaire pour vous, n'est-ce pas, Claude ? Je crois que vous seriez d'accord pour éviter le scandale. Je me trompe ?

Il ouvrit la bouche et la referma sans avoir rien dit.

— Votre mobile pourrait rester secret, Claude, enchaînai-je. Vous pourriez inventer quelque chose. Ou simplement refuser de vous expliquer. Personne ne vous forcerait, surtout si vous avez avoué spontanément. Vos proches sauraient que vous avez commis deux meurtres, mais ils ne seraient pas forcés d'en apprendre davantage.

Il porta la tasse de chocolat à ses lèvres. Il en but une gorgée, puis la reposa sur la soucoupe.

– Claude… continuai-je.

– Laissez-moi réfléchir, vous voulez bien ?

– D'accord.

Je ne sais pas combien de temps nous restâmes ainsi, moi debout, lui assis devant la télévision muette. Disons cinq minutes. Puis il soupira, ôta ses pantoufles et ramassa une paire de chaussures. Il les enfila et se mit debout. J'allai ouvrir la porte, puis je m'écartai pour qu'il me précède dans le séjour.

– Mère, dit-il, je vais sortir un petit moment. M. Scudder a besoin de mon aide. Il est arrivé quelque chose d'important.

– Oh, mais ton dîner est presque prêt, Claude. Peut-être ton ami accepterait-il de se joindre à nous ?

– Je crains que non, madame Lorbeer, lui dis-je.

– Nous n'avons pas le temps, Mère. Je serai forcé de dîner dehors.

– Bon, si vous ne pouvez pas faire autrement.

Lorbeer redressa les épaules et alla prendre un manteau dans le placard de l'entrée.

– Mets ton gros pardessus, lui dit sa mère. Le temps a changé. Il fait froid, dehors, n'est-ce pas, monsieur Scudder ?

– Oui, dis-je. Il fait très froid dehors.

16

Mon deuxième voyage aux Tombs fut très différent du premier. Il était à peu près la même heure, onze heures du matin, mais, cette fois, j'avais eu une bonne nuit de sommeil et n'avais presque pas bu la veille au soir. La première fois, je lui avais rendu visite dans sa cellule. Maintenant j'allais le retrouver en compagnie de son avocat à l'accueil. Il s'était délesté de sa colère et de son angoisse et avait l'air d'un héros victorieux.

Son visage s'éclaira lorsqu'il m'aperçut.

– Voilà le plus beau ! s'écria-t-il. Matt, mon grand, tu es le plus fort. Il n'y a pas photo. Le plus fort. Si j'ai fait une seule chose intelligente dans ma vie, c'est bien de t'avoir embauché.

Il me secouait la main tant qu'il pouvait, en me souriant de toutes ses dents.

– Ne t'ai-je pas prévenu que je finirais par sortir de ces chiottes ? continua-t-il. Tu vois, c'est bien toi qui m'as aidé à faire le mur !

Il inclina la tête d'un air de conspirateur et murmura :

– Je suis du genre à savoir dire merci et tu vas voir que ce ne sont pas des paroles en l'air. Il y a un bonus qui t'attend, mon pote.

– Vous m'avez déjà grassement payé.

– Ça, tu peux le dire.

— J'ai gagné quelque chose comme cinq cents dollars par jour. Je m'en contenterai, Broadfield.

— Jerry.

— Si vous voulez.

— Puisque je t'ai dit qu'il y avait un bonus… Ah, tu connais mon avocat ? Seldon Wolk ?

— Nous nous sommes parlé, oui, dis-je.

Nous nous serrâmes la main en échangeant quelques paroles polies.

— Allez, c'est le moment, dit Broadfield. Si les journalistes ont décidé de se pointer, ils doivent déjà être dehors à m'attendre, vous ne croyez pas ? Et si jamais ils sont en retard, je leur apprendrai à être à l'heure la prochaine fois. Diana est dehors avec la voiture ?

— Elle vous attend, comme prévu, dit l'avocat.

— Parfait. Vous connaissez ma femme, Scudder ? Ah oui, bien sûr, je vous ai donné cette lettre pour que vous alliez la voir. Je vais vous dire ce qu'on va faire. Trouvez-vous une femme et on dînera ensemble un de ces quatre, d'accord ?

— D'accord, acquiesçai-je.

— Bon.

Il déchira une enveloppe de kraft et en versa le contenu sur le comptoir. Il fourra son portefeuille dans sa poche, enfila sa montre et ramassa une poignée de pièces de monnaie. Puis il glissa sa cravate sous le col de sa chemise et commença son grand numéro.

— Tu te souviens de ce que je t'ai dit, Matt ? reprit-il. Je pensais que je serais obligé de m'y reprendre à deux fois. Mais ce nœud m'a l'air d'aller parfaitement. Qu'est-ce que tu en penses ?

— Impeccable.

Il hocha la tête.

— Oui, il est pile comme il faut. Je vais te dire une chose, Matt. Je me sens bien, tu peux pas savoir. Qu'est-ce que vous en dites, Seldon ?

— Vous avez une mine superbe.

— J'ai l'air classe, non ?

Devant les journalistes, il trouva le juste équilibre entre sincérité et suffisance et, avant qu'ils aient fini de poser toutes leurs questions, il leur adressa son plus beau sourire, fit le V de la victoire, passa au milieu d'eux et monta dans sa voiture. Diana mit le contact et je les regardai s'éloigner jusqu'à ce qu'ils aient disparu.

Elle était venue le chercher. Elle n'avait pas le choix. Elle le ménagerait pendant un jour ou deux, puis elle lui expliquerait la situation. Elle m'avait dit qu'il ne lui ferait probablement pas d'histoires. Elle était certaine qu'il ne l'aimait pas et qu'elle avait cessé de compter pour lui depuis longtemps. Je devais lui donner quelques jours ; ensuite elle m'appellerait.

– C'était drôlement chouette, hein ? dit une voix derrière moi. On était peut-être censé leur jeter du riz ou quelque chose dans le genre.

Je répondis sans me retourner.

– Salut, Eddie.

– Salut, Matt. Il fait beau, ce matin, hein ?

– Pas mal.

– Tu dois te sentir mieux, non ?

– Pas trop mal.

– Cigare ?

Le lieutenant Eddie Koehler n'attendit pas que je réponde. Il coinça son cigare entre ses dents et l'alluma. Il y parvint au bout de la troisième allumette, le vent ayant éteint les deux premières.

– Je devrais m'acheter un briquet, dit-il. T'as vu celui de Broadfield ? Ça avait l'air d'un truc cher.

– C'est que ça devait l'être.

– On aurait dit de l'or.

– Probable. Encore que l'or massif et le plaqué, ça se ressemble.

– Sauf que ça ne coûte pas la même chose.

– Ça dépend où.

Il sourit, tendit la main et m'attrapa par le bras.

— T'es un drôle de fils de pute, toi, dit-il. Viens que je te paie un coup, sacré fils de pute.

— Il est encore un peu tôt pour moi, Eddie. Mais je veux bien un café.

— Ça marche. Dis-moi… depuis quand est-ce qu'il y a une heure pour te payer à boire ?

— Oh, je ne sais pas. Je vais peut-être me calmer un peu, question picole, pour voir si ça fait une différence.

— Ah ouais ?

— Pendant un bout de temps, quoi.

Il m'adressa un regard approbateur.

— J'ai l'impression de te retrouver un peu comme t'étais avant. Tu sais quoi ? Ça fait un bout de temps que je t'ai pas entendu causer comme ça.

— Ne t'emballe pas, Eddie. Je n'ai fait que refuser un coup à boire.

— Non, il y a quelque chose d'autre… J'arrive pas à mettre le doigt dessus, mais quelque chose a changé…

Dans un petit café de Reade Street, nous commandâmes du café et des croissants.

— Eh ben, en tout cas, on peut dire que t'as sorti ce salaud du pétrin. Ça me fait mal de le voir libre comme ça, mais ce n'est pas moi qui vais te le reprocher. Tu as réussi à le faire sortir.

— On n'aurait pas dû le mettre à l'ombre, pour commencer.

— Ouais, bon. Ça, c'est une autre histoire.

— Tu devrais être content. Abner Prejanian ne risque pas d'utiliser ses services parce qu'il a intérêt à garder le profil bas pendant quelque temps. Il n'a pas spécialement bonne presse. Son assistant vient de se faire épingler pour un double meurtre, plus un coup monté contre le principal témoin de son enquête. Tu te plaignais de ce qu'il adore voir son nom dans les journaux. A mon avis, il va essayer d'éviter qu'on parle trop souvent de lui dans les mois à venir. Tu ne crois pas ?

– Ça se pourrait.

– Quant à Knox Hardesty, ça n'est pas mieux. Aux yeux du grand public, sa réputation n'a pas vraiment souffert, mais on ne va pas tarder à lui reprocher son incapacité à protéger ses témoins. Il avait Carr dans sa poche, elle lui a donné Manch, et ils sont morts tous les deux. C'est une vilaine casserole pour quelqu'un qui essaie de convaincre les gens de coopérer avec lui.

– Sauf que lui n'a pas essayé d'emmerder le Département, Matt.

– Pas encore. Mais avec ce qui est arrivé à Prejanian, il pourrait prendre la grosse tête. Tu sais comment ça se passe, Eddie. Dès qu'ils veulent faire les gros titres, ils s'en prennent aux flics.

– Putain, ça c'est vrai.

– Alors, je n'ai pas fait trop de conneries, de ton point de vue, hein ? Le Département ne s'en tire pas trop mal.

– C'est vrai, Matt. Tu as fait ce qu'il fallait.

– Bon.

Koehler voulut tirer sur son cigare. Celui-ci s'était éteint. Il le ralluma et regarda l'allumette se consumer presque entièrement avant de la secouer et de la jeter dans le cendrier. Je mordis dans mon croissant et avalai une gorgée de café.

Je pourrais sans doute boire moins. Il y aurait certainement des moments difficiles. Lorsque je penserais à Fuhrmann, en me disant que j'aurais pu répondre à son coup de fil. Ou bien à Manch et son plongeon. Mon appel n'avait sans doute pas tout déclenché. Il avait Hardesty sur le dos et il portait le fardeau de sa culpabilité depuis des années. Mais je ne l'avais pas aidé et peut-être que si je n'avais pas appelé…

Sauf qu'on ne peut pas se permettre de réfléchir uniquement de cette manière. Je devais aussi me rappeler que j'avais attrapé un meurtrier et aidé un innocent à sortir de prison. On ne gagne jamais sur tous les tableaux. On n'est pas obligé de se sentir coupable pour autant.

— Matt ?

Je levai les yeux vers lui.

— Tu te souviens de la conversation que nous avons eue l'autre soir ? Dans ce bar où tu vas souvent ?

— L'Armstrong's.

— C'est ça, l'Armstrong's. J'ai dit des choses que je n'aurais pas dû.

— Aucune importance, Eddie.

— Tu m'en veux pas ?

— Bien sûr que non.

Silence.

— Bon. Euh… Il y a certains collègues qui savaient que je viendrais faire un tour ici, ce que je suis effectivement venu faire en me disant que je t'y trouverais, euh… ils m'ont demandé de te dire qu'ils ne t'en veulent pas non plus. C'est pas qu'ils aient quelque chose contre toi, d'une manière générale, c'est juste que pendant quelque temps ils ont eu du mal à avaler que tu travailles pour Broadfield, si tu vois ce que je veux dire…

— Je crois que oui.

— Et ils espèrent que tu ne leur en veux pas pour ça.

— Pas du tout.

— Bon, c'est ce que je me disais, mais je pensais qu'il valait mieux en parler pour être sûr.

Il se passa la main sur le front et s'ébouriffa les cheveux.

— T'as vraiment l'intention de picoler moins ?

— Je peux toujours essayer. Pourquoi ?

— Je ne sais pas. Tu crois que t'es prêt à rejoindre l'espèce humaine ?

— Je n'ai jamais démissionné.

— Tu sais bien ce que je veux dire.

Je ne répondis pas.

— En tout cas, t'es toujours un bon flic, Matt. Tu viens de le prouver.

— Et alors ?

— C'est plus facile d'être un bon flic quand on porte l'insigne.

— Des fois, c'est plus dur. Si j'avais porté l'insigne cette semaine, on m'aurait dit d'aller me faire voir.

— Ah ouais ? Insigne ou pas, c'est pourtant ce qu'on t'a dit, mais t'as pas écouté. C'est vrai ou pas ?

— Peut-être. Je ne sais pas.

— Le meilleur moyen d'avoir une bonne police, c'est de garder les bons flics. Je peux te dire que ça me ferait drôlement plaisir de te revoir parmi nous.

— Je ne crois pas, Eddie.

— Je ne te demande pas de répondre tout de suite. Je voudrais juste que tu y réfléchisses. Tu peux bien y penser un petit moment, non ? Ça commencera peut-être à t'intéresser, quand tu ne seras pas imbibé d'alcool vingt-quatre heures sur vingt-quatre.

— C'est possible.

— Tu y réfléchiras ?

— J'y réfléchirai.

— Bon. (Il remua son café.) T'as parlé avec tes gosses ces derniers temps ?

— Ils vont bien.

— Bon, tant mieux.

— On va passer la journée ensemble samedi prochain. Avec leur troupe de scouts, ils organisent une journée « père-fils », entre hommes, avec poulet en caoutchouc pour déjeuner et match de base-ball l'après-midi. On va voir jouer les Nets.

— Ça m'a jamais botté d'aller les voir.

— C'est censé être une bonne équipe.

— Oui, c'est ce qu'on dit. Enfin, c'est bien que tu ailles voir tes gosses.

— Mm-mm.

— Peut-être que toi et Anita...

— Laisse tomber, Eddie.

— Je parle trop, hein ?

— De toute façon, elle a quelqu'un d'autre.

— Tu veux quand même pas qu'elle t'attende, non ?

— Non. Mais je m'en fous. Moi aussi, j'ai quelqu'un.

– Oh. C'est sérieux ?

– Je ne sais pas.

– Le genre où il vaut mieux prendre son temps et laisser venir, c'est ça ?

– Ce genre-là, oui.

Nous étions lundi. Les quelques jours qui suivirent, je fis de longues promenades et visitai toutes sortes d'églises. Le soir, je buvais quelques verres pour m'aider à m'endormir, mais rien de sérieux. Je me baladais, profitais du beau temps, vérifiais souvent si j'avais reçu des messages, lisais le *Times* le matin et le *Post* le soir. Au bout d'un moment, je commençai à me demander pourquoi je n'avais pas encore reçu le message que j'attendais, mais pas au point de décrocher mon téléphone.

Mardi, vers deux heures de l'après-midi, alors que je me promenais sans destination particulière, je passai devant un kiosque au coin de la 57ᵉ Rue et de la VIIIᵉ Avenue et jetai un coup d'œil à la une du *Post*. D'habitude, j'attendais la dernière édition, mais cette fois les gros titres retinrent mon attention et j'achetai le journal.

Jerry Broadfield était mort.

17

Avant même de lever les yeux, je sus qui était le type qui venait de s'asseoir en face de moi.

— Salut, Eddie.

— Je me disais bien que je te trouverais ici.

— C'était pas difficile, hein ?

Je fis signe à Trina de venir.

— Qu'est-ce qu'il boit, Trina ? Du Seagram's ? Alors apporte-lui-en un autre, avec de l'eau. Pour moi, ce sera la même chose. Tu n'as pas mis longtemps, dis-je à l'adresse de Koehler. Je suis arrivé il y a à peine une heure. Évidemment, tu as dû apprendre la nouvelle en lisant l'édition de midi. Moi, je n'ai acheté le journal qu'en milieu d'après-midi. C'est arrivé vers huit heures ce matin, c'est ça ?

— C'est exact, Matt. D'après le reportage, en tout cas.

— Il est sorti de chez lui, une bagnole toute neuve s'est arrêtée au bord du trottoir et quelqu'un a lâché sur lui les deux coups d'un fusil d'assaut à canon scié. Un gosse a raconté que le type au fusil était un Blanc, mais que pour celui dans la voiture, le conducteur, il ne savait pas.

— C'est ça.

— Un Blanc, une bagnole bleue, d'après les témoins, et un fusil abandonné sur le lieu du crime. Pas d'empreintes, j'imagine ?

— Probablement pas.

— Et aucun moyen de savoir d'où vient l'arme, sans doute.

— Je ne sais pas, mais…

— Mais quoi ?

— Ça m'étonnerait qu'on découvre d'où elle vient.

Trina nous apporta nos verres. Je pris le mien et portai un toast.

— Aux amis absents, Eddie.

— D'accord.

— Ce n'était pourtant pas ton ami et que tu me croies ou non, c'était encore moins le mien. Mais je suggère que nous buvions quand même aux amis absents.

— Comme tu voudras.

— Aux amis absents, alors.

Je vidai mon verre. L'alcool semblait faire davantage d'effet après les quelques jours où j'avais levé le pied. En tout cas, je n'avais pas perdu mon goût pour la chose. Le bourbon descendit sans problème et j'éprouvai soudain le vif sentiment d'être davantage moi-même.

— Tu crois qu'ils trouveront qui a fait le coup ? demandai-je.

— Tu veux que je te réponde franchement ?

— A ton avis, je préférerais que tu me baratines ?

— Je ne pense pas, non.

— Alors ?

— Je crois qu'ils ne les retrouveront jamais, Matt.

— Ils vont essayer, au moins ?

— Ça m'étonnerait.

— Qu'est-ce que tu ferais, toi, dans un cas pareil ?

Il me dévisagea.

— Honnêtement, dit-il après avoir réfléchi quelques instants, je ne sais pas. J'aimerais bien croire que j'essaierais. Je pense que c'est peut-être… Et merde ! C'est certainement des mecs de chez nous qui ont fait ça. Difficile d'imaginer que ça puisse être autre chose, hein ?

— Oui, c'est vrai.

— En tout cas, celui qui a fait ça est un parfait imbécile.

Un vrai connard. Il a réussi à faire plus de mal au Département que tout ce que Broadfield a pu rêver de faire. Il mériterait qu'on le pende, ce con. J'aimerais croire que si on me le demandait, oui, j'essaierais vraiment de retrouver ces salopards.

Il baissa les yeux.

— Mais honnêtement, je sais pas. Je crois que je ferais semblant et que je finirais par tout fourrer sous la moquette.

— C'est exactement ce qu'ils vont faire, là-bas dans le Queens.

— Ce n'est pas évident. On ne sait jamais. Tu serais surpris, hein, s'ils creusaient pour de bon ?

— Mm-mm.

— Qu'est-ce que tu vas faire, Matt ?

— Moi ? Qu'est-ce que je suis censé faire ?

— Je veux dire… tu vas essayer de leur courir au cul ? Je ne suis pas sûr que ce soit une bonne idée, tu sais.

— Pourquoi est-ce que je devrais m'embarquer dans un truc pareil, Eddie ? C'était pas mon cousin. Et personne ne me paie pour découvrir qui l'a tué.

— Tu es sûr ?

— Certain.

— J'ai du mal à te comprendre. J'ai parfois l'impression de te suivre et l'instant d'après je pige plus rien.

Il se leva et déposa de l'argent sur la table.

— C'est ma tournée, dit-il.

— Reste, Eddie. Reprends quelque chose.

Il avait à peine touché ce que je lui avais commandé.

— Pas le temps, dit-il. Matt, t'es pas obligé de te bourrer la gueule à cause de cette histoire. Ça ne changera rien.

— Tu crois ?

— J'en suis sûr. Vis ta vie, bon sang. Pense à la femme que tu as rencontrée, tu peux…

— Non.

— Quoi, non ?

— Peut-être que je la reverrai. Je ne sais pas. Sans doute

que non. Elle aurait déjà appelé. Après ce qui est arrivé, elle aurait appelé, si c'était vraiment important.

— Je ne te suis pas...

Ce n'était pas à lui que je m'adressais.

— Nous nous sommes rencontrés au bon moment, continuai-je. Je n'avais pas de mal à imaginer que ça puisse aller beaucoup plus loin. Mais s'il y avait la moindre chance que ça marche, je crois que la chance en question a été flinguée par le coup de feu de ce matin.

— Tu dérailles, Matt.

— Pour moi, c'est très clair. Peut-être que c'est ma faute. Je ne sais pas si nous nous reverrons. En tout cas, ça ne changera rien. On ne change pas comme ça le cours des choses. Il arrive parfois que certains événements transforment les gens, mais on ne change pas le cours des choses.

— Il faut que j'y aille, Matt. Essaie de pas picoler autant, d'accord ?

— Pas de problème, Eddie.

Ce soir-là, je composai le numéro de Forest Hills. Au bout d'une dizaine de sonneries, je raccrochai et récupérai ma pièce.

J'appelai un autre numéro. Une voix enregistrée récita :

— « Vous êtes bien au soixante-douze cinquante-cinq. Désolé, mais nous sommes absents pour le moment. Laissez-nous votre nom et votre numéro après le signal sonore, et nous vous rappellerons dès que possible. Merci. »

J'entendis le bip. C'était à moi de parler. Mais je ne trouvai rien à dire.

AUX ÉDITIONS GALLIMARD

Haute Voltige
1968

Faites sauter la reine !
1969

Sacrés Lascars !
1970

Le Monte-en-l'air dans le placard
1979

Vol et Volupté
1981

L'Aquarium aux sirènes
1984

Meurtres à l'amiable
1984

Le Voleur insomniaque
1984

Des fois ça mord
1985

Y a qu'à se baisser
1985

Beau doublé pour Tanner
1986

Le Blues des alcoolos
1987

Huit Millions de façons de mourir
1989

Drôles de coups de canif
1990

Un ticket pour la morgue
1992

Une danse aux abattoirs
1993

Dans la même collection

David Laing Dawson
La Villa des ombres
Minuit passé, une enquête du Dr Snow

Bradley Denton
Blackburn

Stephen W. Frey
Offre Publique d'Assassinat
Opération vautour

Sue Grafton
K comme Killer
L comme Lequel ?
M comme Machination

George Dawes Green
La Saint-Valentin de l'homme des cavernes

Dan Greenburg
Le Prochain sur la liste

Jack Hitt
Meurtre à cinq mains

Anthony Hyde
China Lake

David Ignatius
Nom de code : SIRO

Philipp Kerr
Une enquête philosophique

Paul Levine
L'Héritage empoisonné
Cadavres incompatibles
Trésors sanglants

Elsa Lewin
Le Parapluie jaune

Herbert Lieberman
Nécropolis
Le Tueur et son ombre
La Fille aux yeux de Botticelli
Le Concierge

Michael Malone
Enquête sous la neige
Juges et Assassins

Dominique Manotti
Sombre Sentier

Andreu Martín
Un homme peut en cacher un autre

Dallas Murphy
Loverman

Kyotaro Nishimura
Les Dunes de Tottori

Michael Pearce
Enlèvements au Caire

Sam Reaves
Le taxi mène l'enquête

Edward Sklepowich
Mort dans une cité sereine
L'Adieu à la chair

April Smith
Montana Avenue

Austin Wright
Tony et Susan

L. R. Wright
Le Suspect
Mort en hiver
Pas de sang dans la clairière

RÉALISATION : I.G.S.-CHARENTE-PHOTOGRAVURE
À L'ISLE-D'ESPAGNAC
IMPRESSION : BUSSIÈRE CAMEDAN IMPRIMERIES
À SAINT-AMAND
DÉPÔT LÉGAL : OCTOBRE 1998. N° 25879 (984635/1)